ESSAIS

DE

POÉSIE LATINE

PAR

E. BEAUFRÈRE

Agrégé de l'Université,
Ex-Secrétaire des Facultés des lettres et des sciences de Montpellier,
Officier d'Académie.

NOUVELLE ÉDITION REVUE ET AUGMENTÉE

PARIS
L. HACHETTE, LIBRAIRE-ÉDITEUR
77, BOULEVARD SAINT-GERMAIN.
1872

ESSAIS

DE

POÉSIE LATINE

NIMES. — IMP. LAFARE ET Vᵉ ATTENOUX, PLACE DE LA COURONNE.

ESSAIS

DE

POÉSIE LATINE

PAR

E. BEAUFRÈRE

Agrégé de l'Université,
Ex-Secrétaire des Facultés des lettres et des sciences de Montpellier,
Officier d'Académie.

—

NOUVELLE ÉDITION REVUE ET AUGMENTÉE

—

PARIS
L. HACHETTE, LIBRAIRE-ÉDITEUR
77, BOULEVARD SAINT-GERMAIN.

1872

PRÉFACE

L'extrême bienveillance avec laquelle a été accueillie ma première édition, aujourd'hui épuisée, me fait un devoir d'en publier une nouvelle. C'est donc une dette de reconnaissance que, du fond de ma retraite, j'ai cru devoir acquitter. D'ailleurs, il m'est doux de penser que mes anciens élèves aiment à lire encore, et peut-être aussi à faire lire à leurs enfants, les vers latins de leur vieux maître. Je les en remercie.

L'AVEUGLE

PAR

ANDRÉ CHÉNIER

A MES COLLÈGUES DU LYCÉE DE NIMES

O mihi vos comites socio sub sidere, cursûs
Cum quibus exegi jam duo lustra mei,
Vobis musa memor sua carmina dedicat ; olli
Ad fratres facilem pandite, quæso, viam.

L'AVEUGLE

« Dieu, dont l'arc est d'argent, dieu de Claros, écoute,
O Sminthée-Apollon, je périrai sans doute,
Si tu ne sers de guide à cet aveugle errant. »
C'est ainsi qu'achevait l'aveugle en soupirant,
Et près des bois marchait, faible, et sur une pierre
S'asseyait. Trois pasteurs, enfants de cette terre,
Le suivaient, accourus aux abois turburlents
Des molosses, gardiens de leurs troupeaux bêlants.
Ils avaient, retenant leur fureur indiscrète,
Protégé du vieillard la faiblesse inquiète ;
Ils l'écoutaient de loin, et, s'approchant de lui :
— « Quel est ce vieillard blanc, aveugle et sans appui?
Serait-ce un habitant de l'empire céleste?
Ses traits sont grands et fiers ; de sa ceinture agreste
Pend une lyre informe, et les sons de sa voix
Émeuvent l'air et l'onde, et le ciel et les bois. » —
Mais il entend leurs pas, prête l'oreille, espère,
Se trouble, et tend déjà les mains à la prière.

CÆCUS SENEX

« Cui, Clarie, argento nitet arcus, me, Deus, audi!
Smintheu Phœbe, premor dubio discrimine vitæ,
Tu nisi dux mihi sis erranti et luminis orbo! »
Hos dabat ille miser gemitus, finemque loquendi
Fecerat : ægra secùs sylvas vix membra trahebat...
Insidet in saxo : tres illum forte secuti,
Pastores aderant, idem quos campus alebat.
Nempe, quibus fuerat pecudum data cura, frementes
Accierant dominos clamosa voce molossi.
Olli certârant rabiem cohibere ruentûm,
Invalidumque senem morsu servare maligno.
Hunc procul audierant; spatio propiore feruntur
Mox ad eum :—« Quis adest, caput albens, luminis orbus,
Atque gradu incedens, nullo comitante, senili?
Incolane est cœli? Stat grandi fronte superbus,
Et cithara informis de zonâ pendet agresti.
Undam, auras sylvasque movet, cœlumque canendo. »
Sensit at ille pedum sonitus : dubiam applicat aurem,
Spemque metumque inter, supplex et brachia tendit.

— « Ne crains point, disent-ils, malheureux étranger
(Si plutôt, sous un corps terrestre et passager,
Tu n'es point quelque dieu protecteur de la Grèce,
Tant une grâce auguste ennoblit ta vieillesse !) ;
Si tu n'es qu'un mortel, vieillard infortuné,
Les humains près de qui les flots t'ont amené
Aux mortels malheureux n'apportent point d'injures.
Les destins n'ont jamais de faveurs qui soient pures.
Ta voix noble et touchante est un bienfait des dieux ;
Mais aux clartés du jour ils ont fermé tes yeux. »

— « Enfants, car votre voix est enfantine et tendre,
Vos discours sont prudents, plus qu'on n'eût dû l'attendre ;
Mais toujours soupçonneux, l'indigent étranger
Croit qu'on rit de ses maux et qu'on veut l'outrager.
Ne me comparez point à la troupe immortelle :
Ces rides, ces cheveux, cette nuit éternelle,
Voyez, est-ce le front d'un habitant des cieux ?
Je ne suis qu'un mortel, un des plus malheureux !
Si vous en savez un pauvre, errant, misérable,
C'est à celui-là seul que je suis comparable ;
Et pourtant je n'ai point, comme fit Thomyris,
Des chansons à Phébus voulu ravir le prix ;
Ni, livré comme Œdipe à la noire Euménide,
Je n'ai puni sur moi l'inceste parricide ;
Mais les dieux tout-puissants gardaient à mon déclin
Les ténèbres, l'exil, l'indigence et la faim. »

—« Parce metu, dicunt, miser hospes, sive Deorum
Es fortasse aliquis terreno corpore subter,
Qui gentem Argolicam præsenti numine servas,
Usque adeo exornat tibi gratia nobilis annos!
Sin contra, miserande senex, mortalis ad istas
Oras appuleris, quos fluctibus actus adîsti
Hi mala nulla volunt homines mortalibus ægris.
Nulli immota manent fatorum munera : grandes
Dî tribuêre tibi moveant qui pectora cantus,
Sed tua privârunt cœlesti lumina luce. »

— « O pueri, puerum nam vox sonat illa tenella,
Plus sapiunt hæc dicta mihi quàm optare licebat.
Semper at hospes inops suspecta habet omnia; semper
Se putat illusum quòd sit miser, atque maligno
Dente lacessitum. Ne me componite Divis :
Heu! rugas canosque meos, noctemque profundam!
An, quæso, tales cœli gerit incola vultus?
Sum mortalis, et est nulli magis aspera vita!
Unum si nôstis qui sit miser, indigus, errans,
Ille mihi solus fato est æquandus iniquo:
Nec tamen ipse alter Phœbum superare canendo
Certavi Thomyris; nec Erynni traditus atræ
Œdipus incesti pœnas cædisque paternæ
Sponte dedi; sed me, Dî sic voluêre, manebant
Pauperies tenebræque senem exsiliumque famesque. »

— « Prends, et puisse bientôt changer ta destinée ! »
Disent-ils. — Et tirant ce que, pour leur journée,
Tient la peau d'une chèvre aux crins noirs et luisants,
Ils versent à l'envi, sur ses genoux pesants,
Le pain de pur froment, les olives huileuses,
Le fromage et l'amande, et les figues mielleuses,
Et du pain à son chien entre ses pieds gisant,
Tout hors d'haleine encore, humide et languissant,
Qui, malgré les rameurs, se lançant à la nage,
L'avait loin du vaisseau rejoint sur le rivage..

— « Le sort, dit le vieillard, n'est pas toujours de fer.
Je vous salue, enfants venus de Jupiter;
Heureux sont les parents qui tels vous firent naître !
Mais venez, que mes mains cherchent à vous connaître;
Je crois avoir des yeux. Vous êtes beaux tous trois.
Vos visages sont doux, car douce est votre voix.
Qu'aimable est la vertu que la grâce environne !
Croissez, comme j'ai vu ce palmier de Latone,
Alors qu'ayant des yeux je traversai les flots ;
Car, jadis, abordant à la sainte Délos,
Je vis, près d'Apollon, à son autel de pierre,
Un palmier, don du ciel, merveille de la terre.
Vous croîtrez, comme lui, grands, féconds, révérés,
Puisque les malheureux sont par vous honorés.
Le plus âgé de vous aura vu treize années :
A peine, mes enfants, vos mères étaient nées,

— « Accipe, dixêre, et melioribus utere fatis! »
Nec mora : depromunt victus quotcumque diurnos
Nigra capit pellis nitidæ villosa capellæ,
Et senis in genibus tardis effundere certant
Triticeum panem, baccas et pinguis olivæ,
Caseolum, et ficos dulces, et amygdala, et ipsi
Objecêre cani panem; madefactus, anhelans,
Languidus ante pedes domini comes ille jacebat.
Irruerat, nautâ frustrà cohibente, per undas,
Et nando procul attigerat littusque senemque.

Ille autem : — « Non semper, ait, sunt ferrea fata.
Cara Jovis soboles, pueri, salvete! Beati
Sunt certè tales qui vos genuêre parentes!
Sed mea ut ista manus vos noscere tentet, adeste;
Credo mihi esse oculos. Vos tres habet una venustas.
Suaves sunt vobis vultus, nam vestra sonat vox
Suaviter. Ut ridet quam cingit gratia virtus!
Crescite, crescebat qualis Latonia palma
Quam vidi ipse meis oculis olim æquora ponti
Trajiciens; mihi nempè sacram cùm Delon adirem,
Visa fuit quæ sancta Dei prope marmora palma
Prodigium terris, donum cœleste, virebat.
Sicut ea, in sobolem et cultum crescetis adulti,
Quandoquidem est vobis reverentia tantà malorum.
Tres ultrà decimum, ni fallor, viderit annos
Maximus inter vos ævo : vix nata parentûm

Que j'étais presque vieux. Assieds-toi près de moi,
Toi, le plus grand de tous; je me confie à toi.
Prends soin du vieil aveugle. » — « O sage magnanime!
Comment, et d'où viens-tu? car l'onde maritime
Mugit de toutes parts sur nos bords orageux. »

— « Des marchands de Cymé m'avaient pris avec eux.
J'allais voir, m'éloignant des rives de Carie,
Si la Grèce pour moi n'aurait point de patrie,
Et des dieux moins jaloux, et de moins tristes jours;
Car jusques à la mort nous espérons toujours;
Mais, pauvre, et n'ayant rien pour payer mon passage,
Ils m'ont, je ne sais où, jeté sur le rivage. »

— « Harmonieux vieillard, tu n'as donc point chanté?
Quelques sons de ta voix auraient tout acheté? »

— « Enfants! du rossignol la voix pure et légère
N'a jamais apaisé le vautour sanguinaire;
Et les riches, grossiers, avares, insolents,
N'ont pas une âme ouverte à sentir les talents.
Guidé par ce bâton, sur l'arène glissante,
Seul, en silence, au bord de l'onde mugissante,
J'allais, et j'écoutais le bêlement lointain
De troupeaux agitant leurs sonnettes d'airain.
Puis j'ai pris cette lyre, et les cordes mobiles
Ont encor résonné sous mes vieux doigts débiles.

Vestrarum ulla erat, ô pueri, quùm pænè senectus
Me premeret. Juxtà assidens, tu, maxime natu,
Cæcum attende senem tibi qui confidit. » —« At undè,
Magnanime ô sapiens, et quæ via te tulit ad nos?
Usque adeò in nostro tumidum mare littore mugit. »

— « Me mercatores Cymæâ ex urbe profectum
Vectorem abstulerant. Ego, Carius exsul, abibam,
Si qua mihi Argolidum foret altera patria tellus,
Numina ubi minùs invideant, et fata parentur
Candidiora seni; mortis nam limine in ipso
Nos sequitur spes usquè comes; verùm indigus æris,
Vecturæ pretii, mox nave ejectus ab istis,
Hoc maris ignotum littus sequor. » —

— « An tua nullos
Vox fudit cantus — emissent omnia pauci, —
O mellite senex? »

— « Non unquam cædis amantem
Lusciniæ accipitrem, ô pueri, vox candida mulsit:
Divitis aut stolidi vesana superbia mentem
Non capit, ingenii pateat quæ sensibus. Ecce
Ducente hoc baculo, per lubrica littora, solus
Atque silens, undæ reboanti proximus, ibam,
Dùm procul implerent campos balatibus agni,
Æreaque adstreperent mihi tintinnabula ad aures.
Deinde lyram sumpsi quam cernitis, atque senili
Tardus adhuc dociles tentavi pollice chordas.

*

Je voulais des grands dieux implorer la bonté,
Et surtout Jupiter, dieu d'hospitalité,
Lorsque d'énormes chiens, à la voix formidable,
Sont venus m'assaillir ; et j'étais misérable,
Si vous (car c'était vous), avant qu'ils m'eussent pris,
N'eussiez armé pour moi les pierres et les cris. »

— « Mon père, il est donc vrai : tout est devenu pire ?
Car jadis, aux accents d'une éloquente lyre,
Les tigres et les loups, vaincus, humiliés,
D'un chanteur comme toi vinrent baiser les pieds. »

— « Les barbares ! J'étais assis près de la poupe :
Aveugle vagabond, dit l'insolente troupe,
Chante : si ton esprit n'est point comme tes yeux,
Amuse nôtre ennui ; tu rendras grâce aux dieux...
J'ai fait taire mon cœur qui voulait les confondre ;
Ma bouche ne s'est point ouverte à leur répondre.
Ils n'ont pas entendu ma voix, et sous ma main
J'ai retenu le dieu courroucé dans mon sein.
Cymé, puisque tes fils dédaignent Mnémosyne,
Puisqu'ils ont fait outrage à la muse divine,
Que leur vie et leur mort s'éteignent dans l'oubli ;
Que ton nom dans la nuit demeure enseveli ! »

— « Viens, suis-nous à la ville ; elle est toute voisine,
Et chérit les amis de la muse divine.

Numina magna Deûm mihi propitiare volebam,
Imprimisque Jovem hospitii qui jura tuetur.
Ecce in me subitò horrendâ cum voce ruerunt
Magna mole canes; et eram miserabilis... at vos,
Vos, inquam, non certè alii, me dente priusquam
Corriperent, in eos armâstis saxa minasque. »

— « Cuncta igitur pejora, pater, sunt facta? sonarent
Nuper enim citharæ quùm carmina docta, lyristæ
Alterius simul ante pedes tigrisque lupusque
Victi, facti humiles, linguâ mulcente, jacebant. »

— « O fera corda hominum! ad puppim quùm forté sederem,
En mihi turba procax : Oculis qui captus oberras,
Tu cane, si non est tibi mens, ut lumina, cæca,
Dîque tibi referant si tædia fallere cantu
Nostra queas... Mentem propellere talia promptam
Continui, osque fuit mihi nulla in verba reclusum.
Vocem ex ore meo nullam : sed utrâque furentem
Indignante manu compressi in pectore Phœbum.
Cyme, Mnemosynes quoniam tibi munera sordent,
Divinamque tui cives læsêre Camenam,
Vivos longa premant oblivia, longa sepultos,
Noxque tuum nomen tenebris æterna recondat! »

— « Surge, simul, non magna via est, tendamus ad urbem;
Hìc colitur Musas quisquis colit; hìc tibi nostro

Un siége aux clous d'argent te place à nos festins;
Et là les mets choisis, le miel et les bons vins,
Sous la colonne où pend une lyre d'ivoire,
Te feront de tes maux oublier la mémoire.
Et si, dans le chemin, rhapsode ingénieux,
Tu veux nous accorder tes chants dignes des cieux,
Nous dirons qu'Apollon, pour charmer les oreilles,
T'a lui-même dicté de si douces merveilles. »

— « Oui, je le veux; marchons. Mais où m'entraînez-vous?
Enfants du vieil aveugle, en quel lieu sommes-nous? »

— « Sycos est l'île heureuse où nous vivons, mon père. »

— « Salut, belle Sycos, deux fois hospitalière!
Car sur ses bords heureux je suis déjà venu;
Amis, je la connais. Vos pères m'ont connu:
Ils croissaient comme vous; mes yeux s'ouvraient encore
Au soleil, au printemps, aux roses de l'aurore;
J'étais jeune et vaillant. Aux danses des guerriers,
A la course, aux combats, j'ai paru des premiers.
J'ai vu Corinthe, Argos, et Crète et les cent villes,
Et du fleuve Egyptus les rivages fertiles;
Mais la terre et la mer, et l'âge et les malheurs,
Ont épuisé ce corps fatigué de douleurs.
La voix me reste. Ainsi la cigale innocente,
Sur un arbuste assise et se console et chante.

Convivæ argento sedes distincta paratur.
Hic tibi lautæ epulæ, tibi mel generosaque vina,
Dùm lyra eburna super pendebit fixa columnæ,
Abrumpent curas, nec erit meminisse malorum.
Dùmque viam sequimur, si nos, ô docte poeta,
Cœlicolis dignum carmen patieris habere,
Ipsum efflâsse tuo dicemus pectore Phœbum,
Aures qui caperent mirâ dulcedine cantus. » —

— « Ire placet : vestrum sed quò nunc ducitis, inquit,
O pueri, cæcum inde senem? Quisnam locus ille est? »

– « Quam colimus patria est felix, pater, insulta Sycos. »

— « Sycos pulchra, mihi bis tellus hospita, salve!
Namque tuas olim felices novimus oras;
Novimus, ô pueri. Vestri novêre parentes
Nos quoque : crescebant ut nunc vos crescitis ipsi.
Arridebat adhùc mihi lux Phœbea tuenti,
Et ver, et roseum Auroræ jubar; ipse vigebam
Tùm juvenis fortisque. Viri tùm sive choreas,
Sive agerent cursus aut ludicra prælia, princeps
Ibam. Vidi Ephyren, Argon, Cretæ oppida centum,
Fertilis et pingues Ægypti fluminis oras.
Sed terræ, maria atque ætas, adversaque fata
Hos mihi continuis fregêre doloribus artus.
Vox est sola super. Ramo sic pura cicada
Insidet, et fundit vitæ in solatia carmen.

Commençons par les dieux : Souverain Jupiter ;
Soleil, qui vois, entends, connais tout ; et toi, mer ;
Fleuves, terre, et noirs dieux de vengeances trop
[lentes,
Salut ! Venez à moi de l'Olympe habitantes,
Muses ! vous savez tout, vous, déesses, et nous,
Mortels, ne savons rien qui ne vienne de vous. » —

Il poursuit ; et déjà les antiques ombrages
Mollement en cadence inclinaient leurs feuillages ;
Et pâtres oubliant leur troupeau délaissé,
Et voyageurs quittant leur chemin commencé,
Couraient. Il les entend, près de son jeune guide,
L'un sur l'autre pressés, tendre une oreille avide ;
Et nymphes et sylvains sortaient pour l'admirer,
Et l'écoutaient en foule, et n'osaient respirer ;
Car, en de longs détours de chansons vagabondes,
Il enchaînait de tout les semences fécondes :
Les principes du feu, les eaux, la terre et l'air,
Les fleuves descendus du sein de Jupiter,
Les oracles, les arts, les cités fraternelles,
Et depuis le chaos les amours immortelles ;
D'abord le Roi divin, et l'Olympe, et les cieux,
Et le monde ébranlés d'un signe de ses yeux,
Et les dieux partagés en une immense guerre,
Et le sang plus qu'humain venant rougir la terre,

A Dis principium : Tu, Jupiter, arbiter orbis ;
Sol, oculis qui cuncta tenes atque auribus ; et tu
O mare ; vos fluvii et tellus ; nigra Numina, pœnas
Quæ tardas nimis exigitis, salvete ! Deorum
Quæ colitis sedes, ad me descendite, Musæ !
Omnia, nempe deæ, vos noscitis ; at nihil ad nos
Mortales, nisi mens afflavit vestra, recurrit ! » —

Pergit ; jamque suas antiqua umbracula frondes,
Molliter in numerum motabant ; jamque per agros,
Pastor, oves linquens, nullo duce, jamque viator
Inceptos medio flectens de tramite gressus,
Currebant. Is pone sequens puerum, agmine densos
Sensit, quùm dulces biberent avidâ aure loquelas ;
Illius ad vocem, miratrix turba, latebris
Exibant sylvani et nymphæ, animasque premebant ;
Namque per errores varios sua carmina texens,
Semina nectebat rerum fecunda canendo :
Scilicet unde mare et tellus, unde ignis et aer
Narrabat ; gremio quo fudit Jupiter amnes,
Atque artes varias, oracula, fœdere junctos
Cives, àque Chao dulcissima furta Deorum.
Divinum ante alios regem qui summus Olympum
Terrarumque suo vel nutu concutit orbem,
Divisosque Deos ingenti marte, solumque
Plus quàm mortali rubefactum sanguine, regum
Concilia, et sævos currus, passimque virorum

Et les rois assemblés, et sous les pieds guerriers
Une nuit de poussière, et les chars meurtriers,
Et les héros armés, brillant dans les campagnes
Comme un vaste incendie aux cimes des montagnes,
Les coursiers hérissant leur crinière à longs flots,
Et d'une voix humaine excitant les héros;
De là, portant ses pas dans les paisibles villes,
Les lois, les orateurs, les récoltes fertiles;
Mais bientôt de soldats les remparts entourés,
Les victimes tombant dans les parvis sacrés,
Et les assauts mortels aux épouses plaintives,
Et les mères en deuil, et les filles captives;
Puis aussi les moissons joyeuses, les troupeaux
Bêlants ou mugissants, les rustiques pipeaux,
Les chansons, les festins, les vendanges bruyantes,
Et la flûte et la lyre, et les notes dansantes.
Puis, déchaînant les vents à soulever les mers,
Il perdait les nochers dans les gouffres amers.
De là, dans le sein frais d'une roche azurée,
En foule il appelait les filles de Nérée;
Qui bientôt, à des cris s'élevant sur les eaux,
Aux rivages troyens parcouraient des vaisseaux;
Puis il ouvrait du Styx la rive criminelle,
Et puis les demi-dieux et les champs d'asphodèle,
Et la foule des morts; vieillards seuls et souffrants,
Jeunes gens emportés aux yeux de leurs parents,
Enfants dont au berceau la vie est terminée,
Vierges dont le trépas suspendit l'hyménée.

Sub pedibus densam, glomerato pulvere, nubem ;
Armaque bellantûm mediis fulgentia campis,
Qualia vasta petunt summos incendia montes ;
Cornipedum undantes fluctus per colla jubarum,
Humanâ dum voce viros ad bella cierent ;
Carmine deinde novo placidas digressus in urbes,
Jura, oratores, ridentia messibus arva,
Mox autem armato jam milite cincta canebat
Mœnia, mox tauros ad limina sacra cadentes ;
Nunc expugnatam querulis uxoribus urbem
Exitiale malum, abductasque in longa puellas
Vincula, maternos luctus ; nunc et quoquè lætas
Dicebat segetes ; ovium balatibus agros
Mugituve boûm implebat ; sylvestris agrestes
Inflabat calamos, convivia festa parabat,
Dùm trepido cantu vindemia rauca sonaret,
Et lyra buxusque adstreperent, fremerentque choreæ.
Mox debacchantes tumefacta per æquora ventos
Narrabat, salsoque absumptos gurgite nautas.
Inde in cærulei penetralia frigida saxi
Agmina Nereidum quàm plurima voce vocabat :
Illa inter fluctus, clamoribus acta supernis,
Passim lustrabant Trojano in littore puppes.
Mox quoque pandebat Stygis impia flumina et oras
Semideûm, et tristes quos vestit pallida campos
Asphodelus : stabant hìc plurima luce carentûm
Corpora ; nempe senes soli et membra ægra trahentes,
Prærepti letho juvenes ante ora parentûm,
Exstincti pueri ante diem, innuptæque puellæ.

Mais, ô bois, ô ruisseaux, ô monts, ô durs cailloux,
Quels doux frémissements vous agitèrent tous,
Quand bientôt à Lemnos, sur l'enclume divine,
Il forgeait cette trame irrésistible et fine
Autant que d'Arachné les piéges inconnus,
Et dans ce fer mobile emprisonnait Vénus !
Et quand il répétait en accents de douleurs
De la triste Aédon l'imprudence et les pleurs,
Qui, d'un fils inconnu marâtre involontaire,
Vola, doux rossignol, sous le bois solitaire ;
Ensuite, avec le vin, il versait aux héros
Le puissant Népenthès, oubli de tous les maux ;
Il cueillait le Moly, fleur qui rend l'homme sage ;
Du paisible Lotos il mêlait le breuvage :
Les mortels oubliaient, par ce philtre charmés,
Et la douce patrie et les parents aimés.
Enfin, l'Ossa, l'Olympe et les bois du Pénée
Voyaient ensanglanter les banquets d'hyménée,
Quand Thésée, au milieu de la joie et du vin,
La nuit où son ami reçut à son festin
Le peuple monstrueux des enfants de la nue,
Fut contraint d'arracher l'épouse demi-nue
Au bras ivre et nerveux du sauvage Eurytus.
Soudain, le glaive en main, l'ardent Pirithoüs :
— Attends ; il faut ici que mon affront s'expie,
Traître ! — Mais, avant lui, sur le centaure impie
Dryas a fait tomber, avec tous ses rameaux,
Un long arbre de fer hérissé de flambeaux.

At vos, ô nemora et montes, vos, aspera saxa,
Vos, fluvii, qualis fremitus, vos quanta voluptas
Corripuit, strueret quum sacrâ incude recumbens
Lemnæâ arte tenax et inextricabile rete,
Qualia Arachneæ texuntur vincula nexu,
Et Venerem captam cohiberet mobile ferrum!
Quùm subitò Nioben saxosa veste superbam
Thebis indueret matrem; quùm carmina mœsto
Narrâret fuerit quis Aedonis error et indè
Quis dolor; ut natum ignorans, invita noverca,
Per tacitum fugitiva nemus Philomela volârit.
Fortia deinde viris, oblivia longa laborum,
Vina ministrabat; florem nunc Moly legebat
Quo fit homo sapiens; placidæ nunc pocula Loti
Miscebat, quo corda hominum incantata liquore
Mox dediscebant patriam dulcesque parentes.
Dein, Hymenæe, tuas Peneïa sylva et Olympus
Ossaque per mensas cædem manare dolebant,
Illâ quum Theseus læta inter pocula nocte
Quâ suus immanes epulis excepit amicus
Nubigenas, prope nudam uxorem ab amante retraxit.
Ebrietate ferox validâ sibi tollere dextrâ
Eurytus hanc voluit; gladium subitò exerit ardens
Pirithoüs: — Tanto, dixit, dabis, improbe, pœnas
Pro scelere! — At, Centaure, manu te, pessime fortis
Occupat ante Dryas; in te jacit, arboris instar,
Hirsutam intorquens ferratis lampada ramis.

L'insolent quadrupède en vain s'écrie, il tombe ;
Et son pied bat le sol qui doit être sa tombe ;
Sous l'effort de Nessus, la table du repas
Roule, écrase Cymèle, Evagre, Périphas.
Pirithoüs égorge Antimaque, et Pétrée,
Et Cyllare aux pieds blancs, et le noir Macarée,
Qui, de trois fiers lions, dépouillés par sa main,
Couvrait ses quatre flancs, armait son double sein.
Courbé, levant un roc choisi pour leur vengeance,
Tout à coup sur l'airain d'un vase antique, immense,
L'imprudent Bianor, par Hercule surpris,
Sent de sa tête énorme éclater les débris.
Hercule et la massue entassent en trophée
Clanis, Démoléon, Lycothas, et Riphée
Qui portait sur ses crins, de taches colorés,
L'héréditaire éclat des nuages dorés.
Mais d'un double combat Eurynome est avide ;
Car ses pieds agités, en un cercle rapide,
Battent à coups pressés l'armure de Nestor ;
Le quadrupède Hélops fuit : l'agile Crantor,
Le bras levé, l'atteint ; Eurynome l'arrête.
D'un érable noueux il va fendre sa tête :
Lorsque le fils d'Egée, invincible, sanglant,
L'aperçoit, à l'autel prend un chêne brûlant,
Sur sa croupe indomptée, avec un cri terrible,
S'élance, va saisir sa chevelure horrible,
L'entraîne, et quand sa bouche, ouverte avec effort,
Crie, il y plonge ensemble et la flamme et la mort.

Nequidquam inclamans quadrupes cadit ille protervus,
Funereumque solum calcat pede. Concita Nessi
En convivalis ruit impete mensa, ruinâ
Evagrum involvens et cum Periphante Cymelum.
Pirithoüs necat Antimachum; jacet ipse Petræus;
Nec te servârunt tua, Cyllare, candida crura,
Nec tua te, niger ô Macareu, tria rapta leonum
Quæ latus et quadruplex et pectora bina tegebant
Vellera.... Dùm fortis, metuens nil tale, Bianor,
Pronus humi, saxum pœnasque pararet in hostem,
Occupat incautum Alcides; huic vasis aheni
Pondere sub vasto cervix illisa fatiscit,
Ossaque magna crepant. Sævit tùm claviger heros
Hùc illùc, spargitque neces: Clanis atque Lycothas,
Demoleosque cadunt; cadis et tu, splendide Riphen,
Qui per colla jubam maculis auratus, avitâ
Nube videbaris flavos traxisse colores.
At duplicis pugnæ Eurynomum rapit ardor; in orbem
Crura movet rapidum et repetito Nestoris ictu
Arma ferit; fugiebat Helops; at promptior illum
Quadrupedem licet assequitur, dextramque reducit
Crantor; eum petit Eurynomus; jam robur acernum
In caput impingit minitans: en cæde cruentus
Ægides, invictus adhùc, illum aspicit, aris
Abripit ardentem quercum, moxque effera monstri
Insilit, horrendùm inclamans, in tergora, et atram
Cæsariem manibus retinens, inhiantis apertum
Condit in os flammam, perque os in pectora mortem.

L'autel est dépouillé. Tous vont s'armer de flamme,
Et le bois porte au loin des hurlements de femme,
L'ongle frappant la terre, et les guerriers meurtris,
Et les vases brisés, et l'injure et les cris.

Ainsi le grand vieillard, en images hardies,
Déployait le tissu des saintes mélodies.
Les trois enfants, émus à son auguste aspect,
Admiraient, d'un regard de joie et de respect,
De sa bouche abonder les paroles divines,
Comme en hiver la neige aux sommets des collines.
Et partout accourus, dansant sur son chemin,
Hommes, femmes, enfants, les rameaux à la main,
Et vierges et guerriers, jeunes fleurs de la ville,
Chantaient : « Viens dans nos murs, viens habiter notre île;
Viens, prophète éloquent, aveugle harmonieux,
Convive du nectar, disciple aimé des dieux;
Des jeux, tous les cinq ans, rendront saint et prospère
Le jour où nous avons reçu le grand Homère. »

Ara vacat lignis. Flamma omnibus arma ministrat;
Femineo clamore sonat totum nemus, ungue
Concutiente solum, contusis undique membris,
Vasibus effractis atque objurgante boatu.

Magniloquus sic ille senex in carmine vasto,
Grandis imaginibus, venâ melos ubere sacrum
Stillabat. Juvenes hac majestate verendâ
Tres circum hærebant; stupefacti, et in ora loquentis
Lætitiâ intenti, sacrum dum flumine pleno
Carmen abundaret, quales in collibus altis
Hibernæ affluxêre nives. En, agmine currunt
Atque vias cingunt choreis matresque virique,
Et pueri, ramosque ferunt; en ipse juventæ
Flos urbanus adest; uno simul ore canebant :
— « Mœnia te ista vocant; nostræ sis incola terræ;
Hùc, vates facunde, veni, cui, luminis orbo,
Mella ex ore fluunt; potas qui nectar; alumnum
Quem curant Superi; sacram faustamque dicabunt
Lustra diem magnus quâ nos adit hospes Homerus. »

SAPHO

PAR

ALPHONSE DE LAMARTINE

A MONSIEUR A. DE LAMARTINE

Qui petis immenso cœlum sublime volatu,
    Solis et adversum lumen adire potes,
Ah! ne me volucrem, precor, aspernere tenellam,
    Sitque accepta tibi debilis ala mea!

SAPHO

L'Aurore se levait, la mer battait la plage ;
Ainsi parla Sapho debout sur le rivage :
— Et près d'elle, à genoux, les filles de Lesbos
Se penchaient sur l'abîme et regardaient les flots. —

« Fatal rocher, profond abîme,
Je vous aborde sans effroi ;
Vous allez à Vénus dérober sa victime :
J'ai méconnu l'Amour, l'Amour punit mon crime.
O Neptune, tes flots seront plus doux pour moi !
Vois-tu de quelles fleurs j'ai couronné ma tête?
Vois : ce front si longtemps chargé de mon ennui,
Orné pour mon trépas comme pour une fête,
Du bandeau solennel étincelle aujourd'hui.
On dit que, dans ton sein..., mais je ne puis le croire,
On échappe au courroux de l'implacable Amour ;
On dit que, par tes soins, si l'on renaît au jour,
D'une flamme insensée on y perd la mémoire.
Mais de l'abîme, ô Dieu, quel que soit le secours,
Garde-toi, garde-toi de préserver mes jours !

SAPPHO

Prima erat orta dies : feriebant littora fluctus ;
Talia dicta dedit Sappho dùm staret in orâ :
— Poplitibus flexis, hanc circùm plurima virgo
Lesbia, præcipitem spectabat desuper undam. —

« Te, saxum fatale, cavi te gurgitis æquor,
Impavida aspicio ! per vos Venus ipsa dolebit
De prædâ dejecta suâ ; contemnere Amorem
Ausa fui, ipsa nocens à sævo plector Amore.
Mitior, ô Neptune, tuus me fluctus habebit.
Tu viden' ut læto mea tempora flore nitescant ?
Assiduis obducta mihi frons nubibus, ipsi
Arridet morti, festivo splendida cultu,
Ostentatque pios vittæ solemnis honores.
Fama refert — sedenim famæ vix credere possim, —
Fluctus esse tuos in Amoris tuta furores
Hospitia, et si quis te, fugerit, auspice, mortem,
Illius insanos aboleri pectore sensus.
At, Deus, ô ! quodcumque locus ferat iste levamen,
Sit mihi nulla salus ! Ne me, precor, eripe fato !

Je ne viens pas chercher dans tes ondes propices
Un oubli passager, vain remède à mes maux,
J'y viens, j'y viens trouver le calme des tombeaux.
Reçois, ô Dieu des mers, mes joyeux sacrifices !
Et vous, pourquoi ces pleurs? Pourquoi ces vains sanglots?
Chantez, chantez un hymne, ô Vierges de Lesbos !

Importuns souvenirs, me suivrez-vous sans cesse?
C'était sous les bosquets du temple de Vénus;
Moi-même, de Vénus insensible prêtresse,
Je chantais sur la lyre un hymne à la Déesse :
Au pied de ses autels soudain je t'aperçus.
Dieux ! Quels transports nouveaux ! ô dieux ! comment [décrire
Tous les feux dont mon sein se remplit à la fois?
Ma langue se glaça, je demeurai sans voix ,
Et ma tremblante main laissa tomber ma lyre.
Non, jamais aux regards de l'ingrate Daphné
Tu ne parus plus beau, divin fils de Latone ;
Jamais le thyrse en main, de pampre couronné,
Le jeune dieu de l'Inde, en triomphe traîné,
N'apparut plus brillant aux regards d'Erigone.
Tout sortit.... de lui seul je me souviens, hélas !
Sans rougir de ma flamme, en tout temps, à toute heure,
J'errais seule et pensive autour de sa demeure;
Un pouvoir plus qu'humain m'enchaînait sur ses pas.
Que j'aimais à le voir de la foule enivrée,
Au gymnase, au théâtre, attirer tous les yeux,
Lancer le disque au loin d'une main assurée,
Et sur tous ses rivaux l'emporter dans nos jeux !

Hos ego non petii fluctus, si forté subesset
Vana mei, fugitiva quies, medicina doloris.
Hîc placidæ mortis longinqua silentia quæro.
Tu, Deus Oceani, nos accipe læta litantes...
At vos, quid gemitis? fletus cohibete, puellæ
Lesbides, et cantus ore referte sacros!

Usque aderunt igitur memores sub pectore curæ!
Ante sacram Veneris quam proxima protegit umbrâ
Sylva domum, Veneris tùm ferrea corde sacerdos,
Cantabam ipsa Deæ sociâ testudine laudes :
Te subitò ante aras, te vidi, incauta, sedentem.
Quis furor insolitus, Divi! quî dicere possim
Quanto flammarum mihi mens exarserit æstu!
Os riguit, steterunt captivi in gutture cantus,
E trepidante manu cecidit lyra... Non tibi certè
Immitis Daphne, nitido magis inclyta vultu
Adstitit ante oculos Latonæ mascula proles!
Pampineum dextræ ostentans et frontis honorem,
Cùm juvenis curru deus Indicus iret ovanti,
Adfuit, Erigone, tibi non formosior unquàm!
Omnia cessêre... hic solus sub pectore mansit.
Hei mihi! jam nullo, noctemque diemque, pudore,
Illius ante domum tacité incomitata vagabar!
Illius in passus quasi Numine rapta ferebar!
O quàm dulce mihi in ludis, quàm dulce theatro
Omnibus hunc spectari oculis!.. cùm certus in auras
Longinquum disci jaculator mitteret orbem,

Que j'aimais à le voir, penché sur la crinière
D'un coursier de l'Elide aussi prompt que les vents,
S'élancer le premier au bout de la carrière,
Et, le front couronné, revenir à pas lents !
Ah ! de tous ses succès que mon âme était fière !
Et si de ce beau front de sueur humecté
J'avais pu seulement essuyer la poussière !
O Dieux ! j'aurais donné tout, jusqu'à ma beauté,
Pour être un seul instant ou sa sœur ou sa mère !
Vous qui n'avez jamais rien pu pour mon bonheur,
Vaines Divinités des rives du Permesse,
Moi-même dans vos arts j'instruisis sa jeunesse ;
Je composai pour vous ces chants pleins de douceur,
Ces chants qui m'ont valu les transports de la Grèce ;
Ces chants qui des Enfers fléchiraient la rigueur,
Malheureuse Sapho, n'ont pu fléchir son cœur,
Et son ingratitude a payé ta tendresse.
Redoublez vos soupirs, redoublez vos sanglots,
Pleurez, pleurez ma honte, ô filles de Lesbos !

Si mes soins, si mes chants, si mes trop faibles charmes
A son indifférence avaient pu l'arracher ;
Si l'ingrat cependant s'était laissé toucher ;
S'il eût été du moins attendri par mes larmes ;
Jamais pour un mortel, jamais la main des Dieux
N'aurait filé des jours plus doux, plus glorieux.
Que d'éclat mon amour eût jeté sur sa vie !
Ses jours à ces Dieux même auraient pu faire envie.

Solus et ex omni certamine victor abiret!
Dulce mihi Elæi, quo non velocior Eurus,
Cùm suspensus equi celeres instaret in armos,
Primus et extremi superato limite cursûs,
Iret ovans lenté, frontem redimitus honestam!
Ejus ut implebat tumidum mihi gloria pectus!
Ah! mihi si tantùm licuisset fronte decorâ
Sudorem manibus detergere!... cuncta dedissem
Quæ mea sunt, ipsum formæ decus, ejus ut essem
Tempore vel minimo, materve sororve vocata!
Vos mihi quæ nil jàm potuistis ferre secundi,
Vanaque Permessi mihi Numina, tunc meus, ille
A teneris vestras, me præside, combibit artes.
Hæc olli ambrosià deduxi carmina venâ
Queis tota adfremuit concordi Græcia plausu.
Væ mihi! quæ duros valuissent flectere Manes,
Nil ejus movêre animum tua carmina, Sappho!
Durior ipse tuos est dedignatus amores!...
Dedecus, heu! lugete meum, lugete, puellæ
    Lesbides, et fletus ingeminate novos!

Si cantus, si cura, meæ si gratia formæ,
Frigida traxissent in mites pectora sensus;
In miseram nisi mens nimis implacata fuisset,
Sive animum saltem potuissent tangere fletus,
Divûm sacra manus nulli é mortalibus unquàm
Splendidius facili nevisset stamine fatum.
Huic sua vita meo quantùm fulsisset amore!
Ista Diis etiam vita invidiosa fuisset!

Et l'amant de Sapho, fameux dans l'univers,
Aurait été comme eux immortel dans mes vers.
C'est pour lui que j'aurais, sur tes autels propices,
Fait fumer en tout temps l'encens des sacrifices;
O Vénus, c'est pour lui que j'aurais, nuit et jour,
Suspendu quelque offrande aux autels de l'Amour.
C'est pour lui que j'aurais, durant des nuits entières,
Aux trois fatales Sœurs adressé mes prières,
Ou bien que, reprenant mon luth mélodieux,
J'aurais redit les airs qui lui plaisent le mieux.
Pour lui j'aurais voulu, dans les jeux d'Ionie,
Disputer aux vainqueurs les palmes du génie.
Que ces lauriers brillants, à mon orgueil offerts,
En les cueillant pour lui m'auraient été plus chers!
J'aurais mis à ses pieds le prix de ma victoire,
Et couronné son front des rayons de ma gloire.

Souvent, à la prière abaissant mon orgueil,
De ta porte, ô Phaon, j'allais baiser le seuil;
— Au moins, disais-je, au moins, si ta rigueur jalouse
Me refuse à jamais ce doux titre d'épouse,
Souffre, ô trop cher Phaon, que Sapho, près de toi,
Esclave, si tu veux, vive au moins sous ta loi.
Que m'importe ce nom et cette ignominie,
Pourvu qu'à tes côtés je consume ma vie?
Pourvu que je te voie, et, qu'à mon dernier jour,
D'un regard de pitié tu plaignes tant d'amour!

Quin Sapphûs dilectus amans, celebratus in orbe,
Vicisset nostrâ, Deus alter, sæcula musâ.
Omni propter eum tibi faustis tempore in aris
Assidui usquè novos libâssem thuris odores;
Hunc nati, Cytherea, tui, sacra, propter eumdem
Usque referta essent nexis altaria donis.
Propter eum, triplices, hominum quæ fata resolvunt,
Pervigil orâssem nocturnâ voce sorores,
Rursùs et assumpto suavis modulamine plectri,
Quos amat ante alios, fudissem gutture cantus.
Quin etiam Ioniis ego cum victoribus, ultrò
Æmula, ob ingenuas certâssem femina palmas.
Laure, meæ frontis clarum decus, unius ergò
Tanti parta viri, quantò mihi dulcior esses!
Illius ante pedes posuissem præmia, laudis
Cinctus et ipse meæ radiis fulgentibus isset!

Sæpe, Phaon, animi sensus oblita superbos,
Inque preces delapsa, tuis dedit oscula Sapphò
Liminibus: — Saltem tua si decreta voluntas
Jucundum nomen mihi conjugis invidet usque,
Ah! dilecte nimis, patere ut tibi proxima vivam,
Ut tibi servili famuler, tua facta, labore!
Servilis quidenim fortunæ opprobria curem?
Dummodo communi tecum consumerer ævo,
Aspectuque tuo fruerer! dum morte doleres
Forsan et ipse meâ, tantum miseratus amorem?

Ne crains pas mes périls, ne crains pas ma faiblesse;
Vénus égalera ma force à ma tendresse.
Sur les flots, sur la terre, attachée à tes pas,
Tu me verras te suivre au milieu des combats;
Tu me verras, de Mars affrontant la furie,
Détourner tous les traits qui menacent ta vie,
Entre la mort et toi toujours prompte à courir.....
Trop heureuse, pour lui si j'avais pu mourir!
Lorsqu'enfin, fatigué des travaux de Bellone,
Sous la tente, au sommeil ton âme s'abandonne,
Ce sommeil, ô Phaon, qui n'est plus fait pour moi,
Seule me laissera veillant autour de toi!
Et si quelque souci vient rouvrir ta paupière,
Assise à tes côtés, durant la nuit entière,
Mon luth sur mes genoux soupirant mon amour,
Je charmerai ta peine, en attendant le jour. —
Je disais, et les vents emportaient ma prière;
L'écho seul répétait ma plainte solitaire;
Et l'écho seul encor répond à mes sanglots:
Pleurez, pleurez ma honte, ô filles de Lesbos!

Toi qui fus une fois mon bonheur et ma gloire,
O lyre! que ma main fit résonner pour lui,
Ton aspect que j'aimais m'importune aujourd'hui,
Et chacun de tes airs rappelle à ma mémoire
Et mes feux, et ma honte, et l'ingrat qui m'a fui.

Ah ! mihi nil timeas ! ne dedigneris inermem
Me sociam ! Vires immenso æquabit amori
Ipsa Venus. Per mille maris discrimina, terræ
Mille per errores, per mille pericula belli,
Te, lateri quasi fixa, sequar ! me, Marte furente,
Me procul arcentem tibi proxima tela videbis,
Teque necemque inter mediam simul usquè ruentem !
O utinam mihi propter eum licuisset obire !..
Denique Bellonæ duros experta labores
Dùm sinis in castris membra indulgere sopori,
Me tua, blande Phaon, circùm tentoria, solam,
Qui non jam meus est, vigilem sopor ille relinquet.
Anxia si qua tamen tibi lumina cura recludet,
Te prope longa sedens solidæ per tempora noctis,
Suspirante meum in gremio testudine amorem,
Dùm veniat lux alba, tuos mulcebo dolores. —
Hæc ego.. at aura preces secum fugitiva trahebat ;
Questus sola meos iterabat flebilis Echo ;
Echo nunc etiam socio clamore resultat :
Dedecus, heu ! lugete, meum, lugete puellæ,
    Lesbides, et fletus ingeminate novos !

O lyra, tu quondam mea laus, mea prima voluptas,
Tu quæ propter eum digitis pulsata sonabas,
Grata mihi nuper, nunc importuna videnti,
Heu ! quodcumque canas, animo rediviva recurrit
Dura fuga ingrati, spretæque injuria flammæ !

Brise-toi dans mes mains, lyre à jamais funeste !
Aux autels de Vénus, dans ses sacrés parvis,
Je ne te suspends pas : Que le courroux céleste
Sur les flots orageux disperse tes débris,
Et que de mes tourments nul vestige ne reste !
Que ne puis-je de même engloutir dans ces mers
Et ma fatale gloire, et mes chants, et mes vers !
Que ne puis-je effacer mes traces sur la terre !
Que ne puis-je aux Enfers descendre tout entière,
Et, brûlant ces écrits où doit vivre Phaon,
Emporter avec moi l'opprobre de mon nom !...
Cependant, si les Dieux que sa rigueur outrage
Poussaient, en cet instant, ses pas vers ce rivage ;
Si de ce lieu suprême il pouvait s'approcher ;
S'il venait contempler, sur le fatal rocher,
Sapho, les yeux en pleurs, errante, échevelée,
Frappant de vains sanglots la rive désolée,
Brûlant encor pour lui, lui pardonnant son sort,
Et dressant lentement les apprêts de sa mort ;
Sans doute, à cet aspect, touché de mon supplice,
Il se repentirait de sa longue injustice ;
Sans doute, par mes pleurs se laissant désarmer,
Il dirait à Sapho : Vis encor pour aimer !...
Qu'ai-je dit ?... loin de moi, quelque remords peut-être,
A défaut de l'amour, dans son cœur a pu naître ;
Peut-être dans sa fuite, averti par les Dieux,
Il frissonne, il s'arrête, il revient vers ces lieux ;
Il revient !... il m'appelle !... il sauve sa victime !...

In manibus, malé fausta, meis, lyra, frangere; non te
Ante aras Veneris, sacratique atria templi,
Suspendet Sappho ; cœlestis numinis ira
Partes mille tuas tumidum dispergat in æquor,
Suppliciique mei vestigia nulla supersint !
Ah ! mihi sic utinam carmen cantumque decusque
Exitiale meum valeant pessumdare fluctus !
Signa pedum summâ si possim tollere terrâ !
O utinam Manes descendam tota sub imos,
Istaque comburens letho ereptura Phaonem
Scripta, traham mecum pollutæ opprobria famæ !...
Si tamen immitem Divûm indignata voluntas
Gressus ista suos ad littora ferre moneret ;
Hunc si forté locum supremum posset adire !
Olli si adstaret fatali in vertice Sappho
Errabunda, genas fletu humida, fusa capillos,
Desolata suis nequidquàm littora pulsans
Questibus, ignoscens et quo nunc uritur igni,
Funereosque sibi lenté molita paratus :
Tunc sané tantos miseratum corde dolores
Hunc nimis injustum mihi permansisse pigeret...
Tunc sane flenti jam lenior, hæc mihi : « Sappho »
Diceret, — « Ah ! vitæ et tanto reddaris amori ! »
Sed quid ego ?... si nullus amor, sua conscia nostræ
Forsan eum absentem pœnæ mens alta remordet.
Forsan et ille deûm monitu, dùm me fugit, horrens
Jam trepidat, sistitque gradum, dubitatque, locosque
Hos repetit, repetit, me servaturus ab isto
Gurgite, meque vocat !... per eum jam perdita Sappho

Oh ! qu'entends-je ?... Ecoutez :... du côté de Lesbos
Une clameur lointaine a frappé les échos !
J'ai reconnu l'accent de cette voix si chère !
J'ai vu, sur le chemin, s'élever la poussière !
O Vierges, regardez ! Ne le voyez-vous pas
Descendre la colline et me tendre les bras ?
Mais non ! Tout est muet dans la nature entière :
Un silence de mort règne au loin sur la terre ;
Le chemin est désert ! Je n'entends que les flots !...
Pleurez, pleurez ma honte, ô filles de Lesbos !

Mais déjà s'élançant vers les cieux qu'il colore,
Le soleil de son char précipite le cours.
Toi qui viens commencer le dernier de mes jours,
Adieu, dernier soleil ; adieu, suprême aurore :
Demain, du sein des flots vous jaillirez encore ;
Et moi je meurs ! Et moi, je m'éteins pour toujours !
Adieu, champs paternels ! Adieu, douce contrée !
Adieu, chère Lesbos à Vénus consacrée !
Rivage où j'ai reçu la lumière des cieux,
Temple auguste, où ma mère, aux jours de ma naissance,
D'une tremblante main, me consacrant aux Dieux,
Au culte de Vénus dévoua mon enfance ;
Et toi, forêt sacrée, où les filles du ciel,
Entourant mon berceau, m'ont nourri de leur miel,

Eripitur morti... En Lesbo quis missus ab urbe
Attonitas clamor longinquus venit ad aures?
Ah! vocem agnovi quâ non mihi suavior ulla,
Eque viâ surgit collectus turbine pulvis,
Prospicite, ô sociæ! sua jam mihi brachia tendens
En summo de colle ruit... Deliria mentis
Vana meæ! in terris laté loca muta patescunt;
Omnia lethali quasi sunt sopita veterno;
Quin via tota silet, mihi sola admurmurat unda:
Dedecus, heu! lugete meum, lugete, puellæ
    Lesbides, et fletus ingeminate novos.

Sed jam purpureas cœli petit aureus arces,
Atque citatus equis immittit Phœbus habenas.
Tu mihi qui spargis nascenti luce supremum
Sol supreme diem, suprema aurora, valete!
Cras iterum mediis vos assurgetis ab undis;
At mihi in æternam claudentur lumina noctem!
Patria terra vale! dilecta valete paterni
Rura soli, Venerisque, vale, sacra gaudia, Lesbos!
Littus ubi primùm vitales hausimus auras,
Tuque Deæ domus alma, vale, natalibus olim
Mater ubi trepidante meis me sedula dextrâ
Infantem vovit superis Venerique dicavit.
Sylva ubi cœligenæ me circumstante coronâ
Nutrivêre suo modò natam melle sorores,

Adieu!... leurs vains présents que le vulgaire envie,
Ni les traits de l'amour, ni les coups du destin,
Misérable Sapho, n'ont pu changer ta vie!
Tu vécus dans les pleurs et tu meurs au matin!
Ainsi tombe une fleur avant le temps fanée.
Ainsi, cruel Amour, sous le couteau mortel,
Une jeune victime, à ton temple amenée,
Qu'à ton culte, en naissant, le pâtre a destinée,
Vient tomber, avant l'âge, aux pieds de ton autel!

Et vous qui reverrez le cruel que j'adore,
Quand l'ombre du trépas aura couvert mes yeux,
Compagnes de Sapho, portez-lui ces adieux;
Dites-lui... Qu'en mourant je le nommais encore!... »

Elle dit. Et, le soir, quittant le bord des flots,
Vous revîntes sans elle, ô Vierges de Lesbos!

Sylva, vale ! illarum, quibus invidet, irrita, vulgus,
Munera, nec violentus amor, nec mobile fatum,
Haud potuêre, vices miseræ tibi flectere vitæ !
Mane peris primo, lacrymis consumpta ! caducum
Sic flos ante diem ponens caput, exarescit.
Sic, crudelis Amor, lethali saucia ferro,
Quam pius ipse tuas adduxit pastor ad ædes,
Mactandamque tibi teneris devovit ab annis,
Præmatura cadit solemnes hostia ad aras.

Vos quibus hunc totâ durum quem diligo mente
Cernere rursùs erit, fuerint cùm lumina morte
Clausa mea, hæc, sociæ, ferte ultima verba Phaoni ;
Dicite... ut a Sappho fuerit moriente vocatus !... »

Sic ea : liquistis, sub vespere, littora ponti,
Lesbides : at vobis defuit illa comes !

UNE
BONNE FORTUNE

PAR

ALFRED DE MUSSET

A MONSIEUR DE LACRETELLE

de l'Académie française.

Blande senex, geminos cui jungens frontis honores,
   Palma viret niveis laurea mixta comis,
Sis mihi Mæcenas ; tua Tiburis hospita, Flacci
   Quanquàm nil habeo, me domus excipiat.

UNE BONNE FORTUNE

....

Apprenez donc, lecteur, que je viens d'Allemagne.
Vous savez, en été, comme on s'ennuie ici;
En outre, pour mon compte ayant quelque souci,
Je m'en fus prendre à Bade un semblant de campagne.
— Bade est un parc anglais fait sur une montagne,
Ayant quelque rapport avec Montmorency. —

Vers le mois de juillet, quiconque a de l'usage
Et porte du respect au boulevard de Gand,
Sait que le vrai bon ton ordonne absolument,
A tout être créé possédant équipage,
De se précipiter sur ce petit village
Et de s'y bousculer impitoyablement.

Les dames de Paris savent, par la gazette,
Que l'air de Bade est noble et parfaitement sain.
Comme on va chez Herbault faire un peu de toilette,
On fait de la santé là-bas; c'est une emplette :
Des roses au visage et de la neige au sein;
Ce qui n'est défendu par aucun médecin.

UT VENUS ARRISERIT.

. . . .

Me reducem scito Germanis, lector, ab oris;
Nosti etenim quæ sint, æstivo tempore, nostri
Tædia sueta loci: privatum in pectore curæ
Nonnihil ipse agitans, Badenses conscius undas
Fictaque rura peto. — Montano in culmine Bada
Ædificata sedet, quasi gramine septa britanno;
Est aliquid Maurenciasi quasi montis in illâ. —

Quilibet urbanus, mensis cùm Julius ardet,
Illum si qua tenet lepidæ observantia vitæ,
Certa scit urbanæ legis decreta jubere
Inviolanda viris, quibus est equus unus et alter,
Hujus ut exigui properent ad gramina ruris,
Hicque feros agitent effusâ mole tumultus.

Ingenuum spirare aliquid penitùsque salubre
Badenses auras matronis publica narrat
Charta Parisiacis; ut vestis quæque paratu
Est apud Herbaltum facilis, sic venit ad undam
Badensem fabricata salus; trahit indé colorem
Os roseum, niveumque sinus, patiente Galeno.

Bien entendu d'ailleurs que le but du voyage
Est de prendre les eaux ; c'est un compte réglé.
D'eaux, je n'en ai point vu lorsque j'y suis allé.
Mais qu'on n'en puisse voir, je n'en mets rien en gage,
Je crois même, en honneur, que l'eau du voisinage
A, quand on l'examine, un petit goût salé.
. . . .

Or, comme on a dansé tout l'hiver, on est lasse.
On accourt donc à Bade avec l'intention
De n'y pas soupçonner l'ombre d'un violon.
Mais, dès qu'il y fait nuit, que voulez-vous qu'on fasse?
Personne au vieux château, personne à la Terrasse;
On entre à la Maison de Conversation.

Cette maison se trouve être un gros bloc fossile,
Bâti de vive force à grands coups de moëllon;
C'est comme un temple grec, tout recouvert en tuile;
Une espèce de grange avec un péristyle,
Je ne sais quoi d'informe, et n'ayant pas de nom;
Comme un grenier à foin, bâtard du Parthénon.

J'ignore vers quel temps Belzébuth l'a construite.
Peut-être est-ce un mammouth du règne minéral.
Je la prendrai plutôt pour quelque aérolithe,
Tombée un jour de pluie, au temps du carnaval.
Quoi qu'il en soit, du moins, les flancs de l'animal
Sont construits tout à point pour l'âme qui l'habite.

Unanimes properant : liquor omnibus una bibendus
Causa viæ ; premit una sitis, labor unus euntes
Sollicitat,... quanquam mihi nulla apparuit undæ
Quærenti species, tamen est ibi jure fatendum
Posse subesse aliquam ; quin, si gustaveris ipse,
Vicino invenies aliquid salis esse liquori.

Hibernis lassata choris matrona recessit ;
Badam igitur petit impatiens, hâc credula mente
Ut ne parva quidem citharœdi immurmuret umbra.
At verè tenebris, quò se matrona, subortis,
Nostra ferat ?... veteri non est suus incola villæ ;
Non suus hortensi podio... quæ nomine dictæ
Colloquii domus, objectas intrabit in ædes.

Vi magnâ constructa solo magnoque labore,
Fossilis aggestos saxorum pondere moles,
Stat domus : Argolico lateraria culmina fano
Finge tibi, aut quædam Graiis decorata columnis
Horrea ; nescio quid, proprio sine nomine monstrum ;
Quodque, domus Cereris, mentitur tecta Minervæ.

Nescio Dæmonicus quo tempore finxerit ædes
Has opifex : fortasse aliquis stat saxeus altâ
Mole gigas ; festis seu Bacchanalibus, olim,
Aeriâ pluvius demisit Jupiter arce.
Quidquid id est, hoc structa modo sunt viscera monstri
Inclusa ut teneat dignam mens hospita sedem.

Cette âme, c'est le jeu; mettez bas le chapeau,
Vous qui venez ici, mettez bas l'espérance.
Derrière ces piliers, dans cette salle immense,
S'étale un tapis vert, sur lequel se balance
Un grand lustre blafard, au bout d'un oripeau,
Que dispute à la nuit une pourpre en lambeau.

Là, du soir au matin, roule le grand *peut-être*,
Le hasard, noir flambeau de ces siècles d'ennui,
Le seul qui dans le ciel flotte encore aujourd'hui.
Un bal est à deux pas; à travers la fenêtre,
On le voit çà et là bondir et disparaître
Comme un chevreau lascif qu'une abeille poursuit.

Les croupiers nasillards chevrottent en cadence,
Au son des instruments, leurs mots mystérieux ;
Tout est joie et chansons : la roulette commence ;
Ils lui donnent le branle, ils la mettent en danse,
Et, râtissant gaîment l'or qui scintille aux yeux,
Ils jardinent ainsi sur un rhythme joyeux.

L'abreuvoir est public, et qui veut vient y boire.
J'ai vu les paysans, fils de la Forêt-Noire,
Leurs bâtons à la main, entrer dans ce réduit ;
Je les ai vus penchés sur la bille d'ivoire,
Ayant à travers champs couru toute la nuit,
Fuyards désespérés de quelque honnête lit.

Alea mens est illa loci : caput advena quisque
Detegat, atque suam in primo spem limine linquat.
Atrio in immenso, sublimes poné columnas,
Mensa patet viridi panno substrata ; lucerna
Hanc super oscillans hostiles discutit umbras
Noctis, et incertos ostri malé spargit honores.

Hic Fors omnipotens casus se versat in omnes
Continuò ; Fors sola, vagâ quæ luce pererrans,
Humanæ irradiat præsentia tædia vitæ.
Haud procul exercent choreas ; — per clara fenestræ
Claustra, vides ut quisque ruat fugiatque vicissim...
Urgentem sic vitat apem lasciva capella.

Dùm tuba festa canit, nulli enarrabile carmen
In numerum arguto fremit argentarius ore.
Undique lætitia et cantus : jactata vagatur
Alea ; jàm stimulat properantem voce minister,
Et geminis aurum complectens omne lacertis,
Accumulat rutilam læto cum murmure messem.

Qui sitit hùc properat ; nam fons est publicus. Ipse
Hercyniis vidi agricolas è saltibus ortos,
Innixos baculo, facilem penetrare recessum.
Vidi egomet pronos, simul ac globus iret eburnus...
Heu ! miseri, per agros, male sanâ mente furentes,
Casta relinquebant nocturno limina cursu !

Je les ai vus debout, sous la lampe enfumée,
Avec leur veste rouge et leurs souliers boueux,
Tournant leurs grands chapeaux entre leurs doigts calleux,
Poser sous les râteaux la sueur d'une année,
Et là, muets d'horreur devant la Destinée,
Suivre des yeux leur pain qui courait devant eux !

Dirais-je qu'ils perdaient ? Hélas ! ce n'était guères !
C'était bien vite fait de leur vider les mains.
Ils regardaient alors toutes ces étrangères,
Cet or, ces voluptés, ces belles passagères,
Tout ce monde enchanté de la saison des bains,
Qui s'en va sans poser le pied sur les chemins.

Ils couraient, ils partaient tout ivres de lumière,
Et la nuit sur leurs yeux posait son noir bandeau.
Ces mains vides, ces mains qui labourent la terre,
Il fallait les étendre en rentrant au hameau,
Pour trouver à tâtons les murs de la chaumière,
L'aïeule au coin du feu, les enfants au berceau !

O toi, Père immortel, dont le fils s'est fait homme,
Si jamais ton jour vient, Dieu juste, ô Dieu vengeur !...
J'oublie à tout moment que je suis gentilhomme.
Revenons à mon fait : tout chemin mène à Rome ;
Ces pauvres paysans (pardonnez-moi lecteur),
Ces pauvres paysans, je les ai sur le cœur.

Hos ego fumosâ vidi sub lampade... cincti
Stabant veste rubrâ, et cœnum pede turpe trahebant.
Ingentem petasum versantes pollice duro,
Ære sub incurvo sudores totius anni
Jactabant, fato intenti, atque horrore silentes,
Captabant avido fugitivum lumine panem.

Mox aderat jactura viris : labor ilicet istas
Parvus erat vacuare manus ; tunc omnia circùm
Obtutu hærentes, spectacula prospectabant :
Aurum, femineos cœtus, tot gaudia, et agmen
Multivagum, quod, deliciis post terga relictis,
Vix summo fugiens vestigia pulvere signat.

Nec mora : rapta fugâ properabat lumina tanto
Ebria turba virûm : tenebris urgebat euntes
Pallida nox ; vacuata manus, manus illa coloni
Vomere quæ terram renovat, porrecta per auras
Incertum prætentat iter, si prendere possit
Limina forté casæ, si prendere triste sedentem
Ante focos aviam, infantes in stramine parvos !...

Ultor et æque Deus, cujus, Deus ô bone, Natus
Factus homo est, ô ! si veniant tua tempora quondam !...
— At me patricium nimis immemor esse, relictam
Materiem repeto ; — quævis via ducit ad Urbem ;
Agricolæ, — veniam, Lector, concede roganti,
Agricolæ, heu ! miseri nequeunt mihi cedere mente !

Me voici donc à Bade : et vous pensez, sans doute,
Puisque j'ai commencé par vous parler du jeu,
Que j'eus pour premier soin d'y perdre quelque peu...
Vous ne vous trompez pas, je vous en fais l'aveu.
De même que pour mettre une armée en déroute,
Il ne faut qu'un poltron qui lui montre la route ;

De même, dans ma bourse, il ne faut qu'un écu
Qui tourne les talons, et le reste est perdu.
Tout ce que je possède a quelque ressemblance
Aux moutons de Panurge : au premier qui commence,
Voilà Panurge à sec, et son troupeau tondu.
Hélas ! le premier pas se fait sans qu'on y pense.

Ma poche est comme une île escarpée et sans bords ;
On n'y saurait rentrer lorsqu'on en est dehors.
Au moindre fil cassé, l'écheveau se dévide :
Entraînement funeste et d'autant plus perfide
Que j'eus de tous les temps la sainte horreur du vide,
Et qu'après le combat je rêve à tous mes morts.

Un soir, venant de perdre une bataille honnête,
Ne possédant plus rien qu'un grand mal à la tête,
Je regardais le ciel, étendu sur un banc,
Et songeais, dans mon âme, aux héros d'Ossian.
Je pensai tout à coup à faire une conquête ;
Il tressaillit en moi des phrases de roman.

Nunç igitur me Bada tenet; credisque profectò,
— Alea quippè mihi fuerit suscepta loquendi
Principium — tentâsse aliquid me perdere... Lector,
Vera putas; fateor, fuit hæc mihi sedula cura.
Ut cùm præcipiti fugiunt procul agmina cursu,
Prævius ipse fugám miles vel suaserat unus;

Sic ubi versa dedit desertâ terga crumenâ
Nummus, et ante fugam monuit, mox æmula tota
Gaza fugit. Quid enim? mea sunt bona cuncta Panurgi
Haud aliena gregis: si quis prior incipit agnus,
Grex simul omnis abit; stat nudo in littore pastor. —
Heu! temere abripimur vestigia prima sequentes!

Est prærupta, ingens, loculus meus insula; si quid
Exierit, jàm nulla datur reduci via; filum
Rumpitur, et subitò series evolvitur omnis.
Impetus o rerum fatalis! perfida magni
O mihi causa mali! nam me tenet horror Inanis
Sanctus, et absentes reputo post prælia nummos.

Insigni acceptâ, quodam sub vespere, clade,
Nilque meum retinens nisi magnum fronte dolorem,
Stratus in obliquâ spectabam sidera sellâ...
Ecce Caledonii vatis memor, ejus Amantes
Alloquor, et proprias agitanti pectore myrtos,
Infremuêre mihi Cythereio carmine venæ.

Il ne faudrait pourtant, me disais-je à moi-même,
Qu'une permission de notre Seigneur Dieu,
Pour qu'il vînt à passer quelque femme en ce lieu.
Les bosquets sont déserts, la chaleur est extrême;
Les vents sont à l'amour ; l'horizon est en feu :
Toute femme, ce soir, doit désirer qu'on l'aime.

S'il venait à passer, sous ces grands marronniers,
Quelque alerte beauté de l'école flamande;
Une ronde fillette échappée à Téniers,
Ou quelque ange pensif de candeur allemande ;
Une vierge en or fin d'un livre de légende,
Dans un flot de velours traînant ses petits pieds.

Elle viendrait par là, de cette sombre allée,
Marchant à pas de biche, avec un air boudeur,
Ecoutant murmurer le vent dans la feuillée,
De paresse amoureuse et de langueur voilée.
Dans ses doits inquiets tourmentant une fleur,
Le printemps sur la joue, et le ciel dans le cœur.

Elle s'arrêterait là-bas, sous la tonnelle.
Je ne lui dirais rien, j'irais tout simplement
Me mettre à deux genoux par terre devant elle;
Regarder dans ses yeux l'azur du firmament,
Et pour toute faveur la prier seulement
De se laisser aimer d'une amour immortelle.

Intimus hæc tacito volvebam dicta susurro :
Si tamen hoc sineret nostri Deus arbiter Orbis,
Tenderet hùc mulier furtivos obvia gressus :
Hìc vagus ardenti passim spirabilis aurâ
Fervet amor ; calet ipse polus, secretaque sylvæ
Avia sola silent... Est sané femina nulla
Quæ vespertinos hodie non optet amores...

Has sub proceras quercus si forté veniret,
Qualis apud Belgas pictores prompta puella
Cernitur, ipsa manu effigies elapsa Tenæri ;
Aut tacito meditans virgo Germanica vultu ;
Fronte vel aurigerâ decorans missalis honores,
Exiguis pedibus fluitanti veste repressis ;

Hâc certé nemoris frondosâ parte veniret,
Vix libans, ut cerva, solum ; morosa labello
Iret, et auscultans spirantem in frondibus auram,
Atque oculos ardore pigro suffusa natantes,
Vexaret digitis torquentibus anxia florem,
Vultu verna gerens, cœlestia gaudia corde.

Hic ubi flexibilis sinuatur ramus in arcum
Staret... At ipse silens, duplicato poplite nixus,
Illius ante pedes premerem vestigia supplex ;
Cæruleisque oculis educto lumine cœli,
Hoc ab eâ peterem votis ardentibus unum
Ut bona in æternum sineret se tempus amandam.

Comme j'en étais là de mon raisonnement,
Enfoncé jusqu'au cou dans cette rêverie,
Une bonne passa, qui tenait son enfant.
Je crus m'apercevoir que le pauvre innocent
Avait dans ses grands yeux quelque mélancolie.
Ayant toujours aimé cet âge à la folie,

Et ne pouvant souffrir de le voir maltraité,
Je fus à la rencontre, et m'enquis de la bonne
Quel motif de colère ou de sévérité
Avait du chérubin dérobé la gaîté.
Quoi qu'il ait fait, d'abord, je veux qu'on lui pardonne :
Lui dis-je, et, ce qu'il veut, je veux qu'on le lui donne.

(C'est mon opinion de gâter les enfants.)
Le marmot, là-dessus, m'accueillant d'un sourire,
D'abord à me répondre hésita quelque temps ;
Puis il tendit la main ; et finit par me dire
« Qu'il n'avait pas de quoi donner aux mendiants. »
Le ton dont il le dit, je ne peux pas l'écrire.

Mais vous savez, lecteur, que j'étais ruiné ;
J'avais encor, je crois, deux écus dans ma bourse :
C'était, en vérité, mon unique ressource,
La seule goutte d'eau qui restât dans la source,
Le seul verre de vin pour mon prochain diné ;
Je les tirai bien vite et je les lui donnai.

Talia cùm tacito versarem pectore, vana
Hæc agitans animi deliria, totus in illis,
Adfuit ecce trahens infantem servula dextrâ.
Huic teneræ fronti mihi mens est orta repenté
Insedisse aliquid conceptum corde doloris.
Ætatem deamans hanc totâ mente tenellam,

Indignansque mali si quid perceperit infans,
Prævius occurrens, servam sic alloquor : « In te
» Quid meus ille cherub potuit committere tantum,
» Ut sua sic desint obductæ gaudia fronti ?
» Culpæ quidquid id est, veniam sententia tollat
» Est mea, nec si quid desideret ille, negetur.

» Maxima debetur puero indulgentia ; nobis
» Sic placitum. » Arridens roseo tùm parvulus ore,
Obstupuit primùm, non respondere paratus ;
Denique porrexit dextram, doluitque peculî
Heu ! nihil esse sibi quod largiretur egenis !...
Quo fuerint ea dicta modo non scribere possim.

Lector opes periisse meas notum tibi : nummus
Unus et alter erat tantummodò, credo, superstes —
Illi certé aderant vacuæ spes una crumenæ ;
Unica visa super siccato guttula fonti ;
Pocula certa meri pransuro sola relicta ;
Hos ego deprompsi properè puerumque beavi.

Il les prit sans façon, et s'en fut de la sorte.
A quelque jour de là, comme j'étais au lit,
La Fortune, en passant, vint frapper à ma porte.
Je reçus de Paris une somme assez forte,
Et, très heureusement, il me vint à l'esprit
De payer l'hôtelier qui m'avait fait crédit.

Mon marmot, cependant, se trouvait une fille,
Anglaise de naissance et de bonne famille.
Or, la veille du jour fixé pour mon départ,
Je vins à rencontrer sa mère, par hasard.
C'était au bal. — Au bal, il faut bien qu'on babille ;
Je fis donc pour le mieux mon métier de bavard.

Une goutte de lait, dans la plaine éthérée,
Tomba, dit-on, jadis, du haut du firmament.
La Nuit, qui sur son char passait en ce moment,
Vit ce pâle sillon sur sa mer azurée,
Et, secouant les plis de sa robe nacrée,
Fit au ruisseau céleste un lit de diamant.

Les Grecs, enfants gâtés des filles de Mémoire,
De miel et d'ambroisie ont doré cette histoire ;
Mais j'en veux dire un point qui fut ignoré d'eux :
C'est que, lorsque Junon vit son beau sein d'ivoire
En un fleuve de lait changer ainsi les cieux,
Elle eut peur tout à coup du souverain des Dieux.

Sumpsit eos hic simpliciter simplexque recessit.
— Tempore post modico, solito cùm strata jacerent
Membra toro, furtiva meas, pede lapsa fugaci,
Pulsavit Fortuna fores : mihi fluxit ab urbe
Pactolus, subiitque meæ tunc utile menti
Consilium, ante suos, cauponi solvere nummos.

At meus iste puer fuit infans forte puella
Anglica, et ipsa quidem generoso nobilis ortu. —
Venerat ecce dies abitûs hesterna : puellæ
Occurrit mater lætis mihi mixta choreis.
Garrulitatis amans chorus est : ego garrulus ipse
Jussa loco docilis sum plurima verba locutus : —

— Olim, fama refert, é cœlo lapsa superno,
Gutta per æthereos cecidit vaga lactea tractus.
Quadrijugo tùm vecta suo Nox ibat amica,
Albentique videns sulcari tramite cursus
Cæruleos, vestisque sinus laxata fluentes,
Excepit gremio cœlestem gemmea rivum.

Hoc super, ambrosio mellitum stamine carmen,
Blanda Camœnarum soboles et gaudia, Graii
Finxerunt ; sed facta volo non nota referre :
Scilicet ut Juno è niveis inconscia mammis
Lactea per superos tractus manantia vidit
Flumina, magna Jovis trepidans exhorruit ora ;

Elle voulut poser ses mains sur sa poitrine ;
Et, sentant ruisseler, sa mamelle divine,
Pour épargner l'Olympe, elle se détourna.
Le soleil était loin, la terre était voisine ;
Sur notre pauvre argile, une goutte en tomba ; —
Tout ce que nous aimons nous est venu de là.

C'était un bel enfant que cette jeune mère ;
Un véritable enfant, — et la riche Angleterre
Plus d'une fois dans l'eau jettera son filet,
Avant d'y retrouver une perle aussi chère ;
En vérité, lecteur, pour faire son portrait,
Je ne puis mieux trouver qu'une goutte de lait.

Jamais le voile blanc de la mélancolie
Ne fut plus transparent sur un sang plus vermeil.
Je m'assis auprès d'elle, et parlai d'Italie ;
Car elle connaissait le pays sans pareil.
Elle en venait, hélas ! à sa froide patrie,
Rapportant dans son cœur un rayon du soleil.

Nous causâmes longtemps ; elle était simple et bonne.
Ne sachant pas le mal, elle faisait le bien ;
Des richesses du cœur elle me fit l'aumône ;
Et, tout en écoutant comme le cœur se donne,
Sans oser y penser, je lui donnai le mien ;
Elle emporta ma vie et n'en sut jamais rien.

Duplicibus voluit præstringere pectora palmis;
Dùmque suo sensit divino ex ubere lactis
Effluvium, deflexit iter, cœloque pepercit...
Sol erat ante pedes, erat et quoque proxima terra :
Unius illa tenet delapsum parvula guttæ
Munus... et inde fluit nobis est quidquid amoris.

Illa quidem juvenis mater formosa puella,
Vera puella aderat : quin et priùs Anglia dives
In sua vasta frequens jactaverit æquora rete,
Quàm rursùs sit nacta parem sub gurgite gemmam.
Ejus ut egregiè, lector, pingatur imago,
Nil menti satius quàm lactea gutta recurrit.

Triste aliquid nunquàm niveo, magis, ore subortum,
Candida purpureæ suffudit nubila fronti.
— Proximus assidens, Italæ præstantia cœpi
(Noverat illa quidem) miracula dicere terræ.
Inde etiam ipsa ferens in pectore solis amici
Partem aliquam, patriæ littus brumale petebat.

Longus sermo fuit : simplex et mente benigna,
Illa bonum, rudis ipsa mali, studiosa colebat.
Quidquid opum cor dives habet mihi larga reclusit.
Totus et auscultans ut mens se dedat, euntem
Sum, quasi raptus, eam, nec jam meus, usque secutus...
Me traxit fugitiva suum, — nunc inscia servat.

Le soir, en revenant, après la contredanse,
Je lui donnai le bras ; nous entrâmes au jeu ;
Car on ne peut sortir autrement de ce lieu.
« Vous partez, me dit-elle, et vous allez, je pense,
» D'ici jusque chez vous faire quelque dépense ;
» Pour votre dernier jour, il faut jouer un peu. »

Elle me fit asseoir avec un doux sourire.
Je ne sais quel caprice alors la conseilla ;
Elle étendit la main et me dit : Jouez là.
Par cet ange aux yeux bleus je me laissai conduire,
Et je n'ai pas besoin, mon ami, de vous dire
Qu'avec quelques louis mon numéro gagna.

Nous jouâmes ainsi pendant une heure entière,
Et je vis devant moi tomber tout un trésor.
Si c'était rouge ou noir, je ne m'en souviens guère ;
Si c'était dix ou vingt, je n'en sais rien encor.
Je partais pour la France, elle pour l'Angleterre.
Et je sortis de là, les deux mains pleines d'or.

Quand je rentrai chez moi, je vis cette richesse.
Je me souvins alors de ce jour de détresse
Où j'avais à l'enfant donné mes deux écus.
C'était par charité : je les croyais perdus.
De Celui qui voit tout je compris la sagesse ;
La mère, ce soir-là, me les avait rendus.

Vespere, post choreas, nostro suspensa lacerto,
Est illas ingressa domos, quibus incubat intùs
Alea : namque patet fugientibus exitus unus.
« Tu discedis, ait, sed quodam non sine sumptu
« Ni fallor, procul hinc, tibi patria tecta petenda;
« Postremâ tentata die tibi Fata favebunt. »

Sidere me jussit, subridens molle labellis ;
Olli, nescio quæ, subiit præsaga libido,
Porrectâque manu : Locus est, ait, iste legendus.
Nec mora : cæruleâ duce virgine, dicta facesso.
Sed quid plura loquor ?... victrix nota jussa recurrit,
Addidit et socios præsentibus aurea nummos.

Sic ludo assidui totam consumpsimus horam ;
Atque mihi ante oculos nummorum depluit ingens
Copia ; si fuerint rubro nigrove colore
Signa, latet ; numerus quis vicerit, id quoque fugit...
Anglica eam reducem, me Gallica terra vocabat ;
Indé abii pressus nummorum pondere vasto.

Cùmque domi ingentes hos contemplarer acervos,
Hanc ego forté diem memini quo nuda crumena
Duplicis infanti tulerat solatia nummi.
Stips erat, et nunquàm mihi posse redire putabam ;
At Deus est qui cuncta videns ea providus ornat ;
Illo reddiderat mater mihi vespere nummos.

Lecteur, si je n'ai pas la mémoire égarée,
Je t'ai promis, je crois, en commençant ceci,
Une bonne fortune : elle finit ainsi.
Mon bonheur, tu le vois, vécut une soirée ;
J'en connais cependant de plus longue durée
Que je ne voudrais pas changer pour celui-ci.

Lector, quœ fuerint tibi si promissa recordor,
Ut mihi blanda Venus facili subriserit ore
Narraturus eram : tali mihi fabula nodo
Solvitur. Ut cernis, mea vespertina voluptas
Tota fuit ; plures diuturni temporis ipsi
Novimus, at partes illæ tenuêre secundas.

FANTOMES

PAR

VICTOR HUGO

A MONSIEUR MARQUÈS DU LUC

Conseiller à la Cour impériale de Nîmes, — Membre du Conseil général du Gard.

Qui me non patrio errantem sub sole, benigno
Excepisti olim providus hospitio,
Hæc tibi jamdudùm servabam carmina; nunc te
Seminis auctorem debita messis adit.

FANTOMES

I

Hélas ! que j'en ai vu mourir de jeunes filles !
C'est le destin. Il faut une proie au trépas.
Il faut que l'herbe tombe au tranchant des faucilles ;
Il faut que, dans le bal, les folâtres quadrilles
Foulent des roses sous leurs pas.

Il faut que l'eau s'épuise à courir les vallées ;
Il faut que l'éclair brille, et brille peu d'instants ;
Il faut qu'Avril, jaloux, brûle de ses gelées
Le beau pommier, trop fier de ses fleurs étoilées,
Neige odorante du printemps.

Oui, c'est la vie. Après le jour, la nuit livide.
Après tout, le réveil, infernal ou divin.
Autour du grand banquet siège une foule avide ;
Mais bien des conviés laissent leur place vide
Et se lèvent avant la fin.

PHANTASMATA

I

Eheu ! quot vidit letho occubuisse puellas !
Fata volunt ! morti debetur præda ; necesse est
Ut succisa cadat sub falcibus herba malignis ;
Ut lasciva cohors per lætas florida calcet
          Serta choreas !

Ut vallis voret errantem insatiabilis undam ;
Ut fugitiva micent et tempore fulgura parvo ;
Ut flores, totidem stellas, queis alta superbit
Malus, aprile gelu, quibus invidet, urat odoros
          Veris honores.

Scilicet hæc vita est : sequitur nox livida lucem.
Excutitur somnus : cœlum est super, aut jacet infrà
Tartarus... ingenti mensæ turba assidet ingens,
Plurimus at surgit cœnâ conviva relictâ,
          Ante peractam.

II

Que j'en ai vu mourir ! — l'une était rose et blanche ;
L'autre semblait ouïr de célestes accords ;
L'autre, faible, appuyait d'un bras son front qui penche,
Et, comme en s'envolant l'oiseau courbe la branche,
Son âme avait brisé son corps.

Une, pâle, égarée, en proie au noir délire,
Disait tout bas un nom dont nul ne se souvient ;
Une s'évanouit comme un chant sur la lyre ;
Une autre en expirant avait le doux sourire
D'un jeune ange qui s'en revient.

Toutes fragiles fleurs, sitôt mortes que nées !
Alcyons engloutis avec leurs nids flottants !
Colombes, que le ciel au monde avait données !
Qui, de grâce, et d'enfance, et d'amour couronnées,
Comptaient leurs ans par les printemps !

Quoi, mortes ! quoi, déjà sous la pierre couchées !
Quoi ! tant d'êtres charmants sans regards et sans voix !
Tant de flambeaux éteints ! tant de fleurs arrachées... —
Oh ! laissez-moi fouler les feuilles desséchées
Et m'égarer au fond des bois !

II

Quot vidi occubuisse! — hujus splendebat in ore
Nix immixta rosis; quasi non terrestre bibebat
Auribus illa melos; caput hæc firmabat inerti
Debile prona manu, et ramum ut fugitiva volucris
Avolat incurvans, ità mens aufugerat olli
Corpore fracto.

Pallida, et insano deliria corde volutans,
Illa susurrabat nomen quod pectore servat
Nemo memor; fugit, citharæ sonus, illa per auras;
Suaviter hæc morti arrisit, ceu quum redit exsul
Angelus infans!

Vix natos flores lux abstulit una caducos!
Cum nidis eadem alcyonas fluitantibus hausit
Unda vorax! terris donum cœleste, columbas,
Has amor et juvenis cingebat gratia, et annum
Vere notabant.

Siccine quæque jacet lapidis sub pondere pressa!
Tot nitida ora silent! nitidos tot lumen ocellos
Deseruit! Tot flammæ exstinctæ totque revulsi
Flores!... ah! liceat calcem folia arida, lustrans
Avia silvæ!

Doux fantômes! c'est là, quand je rêve dans l'ombre,
Qu'ils viennent tour à tour m'entendre et me parler.
Un jour douteux me montre et me cache leur nombre;
A travers les rameaux et le feuillage sombre,
Je vois leurs yeux étinceler.

Mon âme est une sœur pour ces ombres si belles.
La vie et le tombeau pour moi n'ont plus de loi.
Tantôt j'aide leurs pas, tantôt je prends leurs ailes.
Vision ineffable où je suis mort comme elles,
Elles, vivantes comme moi!

Elles prêtent leur forme à toutes mes pensées.
Je les vois, je les vois! Elles me disent : Viens!
Puis autour d'un tombeau dansent entrelacées;
Puis s'en vont lentement, par degrés éclipsées :
Alors je songe et me souviens...

III

Une surtout : — un ange, une jeune espagnole!
Blanche main, sein gonflé de soupirs innocents,
Un œil noir, où luisaient des regards de créole,
Et ce charme inconnu, cette fraîche auréole
Qui couronne un front de quinze ans!

O blandæ species! hic, inter somnia noctis
Sola meæ, alterno mecum sermone feruntur.
Quot sint lux dubia occultat proditque vicissim;
Illarumque oculos, per opacas arboris umbras,
Cerno micantes.

His mea mens formis soror est germana venustis.
Quin vitæ aut mortis nulla jam lege tenemur.
Has modò sustineo, sociis modò deferor alis;
Omnes, rem specie miram! vivæ esse videntur,
Mortuus ipse!

Quidquid mente agito vultus harum induit: ecce
Ecce mihi apparent, blandâ me voce vocantes!
Jamque immixta choris cingit vaga turba sepulcrum;
Deinde abeunt lentæ... meniori tum pectore volvo
Somnia mecum...

III

Una erat ante alias — de cœlo lapsus Ibero
Angelus — innocuo sinus olli ardore tumebat;
Olli erat alba manus; patrium referentia solem
Lumina, et haud scio quid decoris, quo cingitur ætas
Prima juventæ.

Non, ce n'est point d'amour qu'elle est morte : pour elle
L'amour n'avait encor ni plaisirs ni combats :
Rien ne faisait encor battre son cœur rebelle;
Quand tous en la voyant s'écriaient : Qu'elle est belle !
Nul ne le lui disait tout bas.

Elle aimait trop le bal, c'est ce qui l'a tuée,
Le bal éblouissant ! le bal délicieux !
Sa cendre encor frémit, doucement remuée,
Quand, dans la nuit sereine, une blanche nuée
Danse autour du croissant des cieux.

Elle aimait trop le bal. — Quand venait une fête,
Elle y pensait trois jours, trois nuits elle en rêvait ;
Et femmes, musiciens, danseurs que rien n'arrête,
Venaient, dans son sommeil, troublant sa jeune tête,
Rire et bruire à son chevet.

Puis c'étaient des bijoux, des colliers, des merveilles !
Des ceintures de moire aux ondoyants reflets ;
Des tissus plus légers que des ailes d'abeilles ;
Des festons, des rubans, à remplir des corbeilles;
Des fleurs, à payer un palais !

La fête commencée, avec ses sœurs rieuses
Elle accourait, froissant l'éventail sous ses doigts,

Huic amor haud fuit exitio : non hactenùs ejus
Nôrat delicias, fuerat vel passa labores :
Ejus adhuc pectus nil moverat, et sua formæ
Publica ei nunquam privato fama susurro
Mulserat aures.

At nimio periit chorearum ardore necata !
Tantus quippe choris nitor est et tanta voluptas !
Nunc etiam umbra fremens olli sua molle movetur,
Clarâ nocte micat cùm nubes candida circùm
Cornua lunæ.

Ardebat nimis illa choros ! ubi proxima festi
Lux erat, hanc animo noctesque diesque fovebat.
Tùm sociæ, moduli, chorus irrevocabilis, olli
Somnia miscentes, risusque sonosque ciebant
Ante jacentem.

Tunc aderant gemmæ, torques, miracula rerum !
Cingula, panniculi undoso bombyce micantes ;
Vestes, queis apium non sit subtilior ala ;
Tæniolæ, quot vix cepissent mille canistra,
Vittæque et flores, quibus invidisset et aula
Æmula regum !

Mox ineunte choro, lætis immixta puellis,
Flabellumque premens digitis properabat et inter

Puis s'asseyait parmi des écharpes soyeuses;
Et son cœur éclatait en fanfares joyeuses,
    Avec l'orchestre aux mille voix.

C'était plaisir de voir danser la jeune fille!
Sa basquine agitait ses paillettes d'azur;
Ses grands yeux noirs brillaient sous la noire mantille:
Telle une double étoile au front des nuits scintille
    Sous les plis d'un nuage obscur.

Tout en elle était danse, et rire, et folle joie.
Enfant! — Nous l'admirions dans nos tristes loisirs!
Car ce n'est point au bal que le cœur se déploie:
La cendre y vole autour des tuniques de soie,
    L'ennui sombre autour des plaisirs.

Mais elle, par la valse ou la ronde emportée,
Volait, et revenait, et ne respirait pas,
Et s'enivrait des sons de la flûte vantée,
Des fleurs, des lustres d'or, de la fête enchantée,
    Du bruit des voix, du bruit des pas.

Quel bonheur de bondir, éperdue, en la foule,
De sentir par le bal ses sens multipliés,
Et de ne pas savoir si dans la nue on roule,
Si l'on chasse en fuyant la terre, ou si l'on foule
    Un flot tournoyant sous ses pieds.

Fasciolas tactu lenes festiva sedebat.
Olli tùm modulis sociæ sub pectore voces
Mille canebant.

Mirum erat ut choreas agitaret virgo, nitentes
Cærula bracteolas quateret dùm palla, nigroque
Sub peplo laté splenderent lumina nigra!
Sic geminum sidus per nubem fulget opacæ
Noctis in umbris.

Tota choros et lætitiam risusque puella
Spirabat : — tacité nos otia nostra terentes
Mirabamur eam ; nam cor premit iste tumultus :
Sericeam hic cingit tunicam cinis, átraque festam
Tædia lucem.

Illa per innumeros orbes pede lapsa citato,
Vixque efflans animam, cursus iterabat eosdem,
Nobile dùm buxum streperet ; tunc ebria fulvas
Lampades et flores oculis, festumque canorum
Aure bibebat.

Quàm juvat amentem in turbâ saltare frequenti !
Et choreis quasi multiplices effundere sensus !
Incertam celerine rotet te turbine nubes,
An trudas fugitiva solum, pedibusve barathri
Æquora calces ?

Mais, hélas ! il fallait, quand l'aube était venue,
Partir, attendre au seuil le manteau de satin ;
C'est alors que souvent la danseuse ingénue
Sentit en frissonnant sur son épaule nue
Glisser le souffle du matin.

Quels tristes lendemains laisse le bal folâtre !
Adieu, parure et danse, et rires enfantins !
Aux chansons succédait la toux opiniâtre,
Au plaisir rose et frais la fièvre au teint bleuâtre,
Aux yeux brillants les yeux éteints.

IV

Elle est morte. — A quinze ans, belle, heureuse, adorée !
Morte au sortir d'un bal qui nous mit tous en deuil ;
Morte, hélas ! et, des bras d'une mère égarée,
La mort aux froides mains la prit toute parée,
Pour l'endormir dans le cercueil.

Pour danser d'autres bals, elle était encor prête,
Tant la mort fut pressée à prendre un corps si beau !
Et ces roses d'un jour qui couronnaient sa tête,
Qui s'épanouissaient la veille en une fête,
Se fanèrent dans un tombeau.

Ast heu ? sericeum, primâ sub luce, morantem
Palliolum in foribus fuit exspectare necesse,
Ante abitum !... Tum nuda humeros per candida colla
Manè fremens virgo spirantis flamina venti
Serpere sensit.

Post hilares choreas, traxit lux sæpe colores
Crastina non roseos : choreæ juvenesque valete
Lætitiæ et cultus !... cantum excipit improba tussis,
Florentesque jocos febris arida, lumina tristes
Viva tenebræ.

IV

Vix egressa choris periit ! — formosa, beata,
Noster amor, nostri nunc maxima causa doloris,
Quum tria lustra ageret ! stupidæ inter brachia matris,
Hanc medio in cultu frigens mors abstulit atrâ
Nocte sepultam !

Usque parata choros erat instaurare recentes ;
Mors ità prompta fuit nitidum hoc sibi tollere corpus !
Et quibus illa rosis fuerat redimita caducis,
Quas here festa dies expanserat, en premit illas
Triste feretrum !

V

Sa pauvre mère, hélas ! de son sort ignorante,
Avoir mis tant d'amour sur ce frêle roseau,
Et si longtemps veillé son enfance souffrante,
Et passé tant de nuits à l'endormir pleurante
Toute petite en son berceau !

A quoi bon ? — Maintenant la jeune trépassée,
Sous le plomb du cercueil, livide, en proie au ver,
Dort ; et si, dans la tombe où nous l'avons laissée,
Quelque fête des morts la réveille glacée,
Par une belle nuit d'hiver,

Un spectre, au rire affreux, à sa morne toilette
Préside au lieu de mère, et lui dit : Il est temps !
Et glaçant d'un baiser sa lèvre violette,
Passe les doigts noueux de sa main de squelette
Sous ses cheveux longs et flottants.

Puis, tremblante, il la mène à la danse fatale,
Au chœur aérien dans l'ombre voltigeant ;
Et sur l'horizon gris la lune est large et pâle,
Et l'arc-en-ciel des nuits teint d'un reflet d'opale
Le nuage aux franges d'argent.

V

Heu ! miseranda parens ! — venturæ nescia sortis,
Huic gracili calamo tanto incumbebat amore !
Tàmque diu infanti invigilaverat alma misellæ,
Quum peteret longo fugitivum nocte soporem
Parvula fletu !

Nequidquam... Nunc est virgo defuncta; feretri
Plumbo inclusa suo, livens et vermibus esca,
Dormit... et ex tumulo quo nunc jacet, algida forté
Si, manes dùm festum agitant hiemale, resurgit,
Nocte serenâ,

Olli se ornanti spectrum, non sedula mater,
Assidet, horrendùm ridens, urgetque morantem ;
Frigidaque in labiis pallentibus oscula figens,
Incipit undantes nudatâ carne capillos
Pectere dextrâ.

Mox ad fatales choreas hanc ducit, ad istum
Qui solet aerias chorus evolitare per umbras ;
Lunaque per tractus largo emicat orbe nigrantes
Pallida, et argento, quasi Noctis ab Iride, nubes
Texitur oras.

VI

Vous toutes qu'à ses jeux le bal riant convie.
Pensez à l'Espagnole, éteinte sans retour,
Jeunes filles ! Joyeuse, et d'une main ravie,
Elle allait moissonnant les roses de la vie,
    Beauté, plaisir, jeunesse, amour !

La pauvre enfant, de fête en fête promenée,
De ce bouquet charmant arrangeait les couleurs ;
Mais qu'elle a passé vite, hélas ! l'infortunée !
Ainsi qu'Ophélia, par le fleuve entraînée
    Elle est morte en cueillant des fleurs !

VI

O vos quas hilaris chorus advocat, este, puellæ,
Virginis hispanæ memores! Evanuit illa
Non reditura! manu tamen omnia gaudia, amores,
Quidquid inest roseum vitæ, juvenile, decorum,
Læta legebat!

Ah! virgo infelix! semper nova festa sequendo,
Composito varios nectebas ordine flores!
Ah! virgo infelix! Quàm te cita fata tulerunt!...
Flores dùm legeres, nova Ophelia, fluminis undis
Rapta peristi!

LA NUIT DE MAI

PAR

ALFRED DE MUSSET

A MONSIEUR E. CARSONNET

Maître de conférences à l'École normale supérieure.

Summe vir, hos ad te versus, munuscula, mittens,
Discipulus docilis, jussa facesso tua;
Da veniam si quid peccet labor ille latinus;
Horret enim *Noctem* Lucis Apollo pater.

LA NUIT DE MAI

LA MUSE.

Poète, prends ton luth, et me donne un baiser ;
La fleur de l'églantier sent ses bourgeons éclore.
Le printemps naît ce soir ; les vents vont s'embraser ;
Et la bergeronnette, en attendant l'aurore,
Aux premiers buissons verts commence à se poser.
Poète, prends ton luth, et me donne un baiser.

LE POÈTE.

Comme il fait noir dans la vallée !
J'ai cru qu'une forme voilée
Flottait là-bas sur la forêt.
Elle sortait de la prairie ;
Son pied rasait l'herbe fleurie ;
C'est une étrange rêverie ;
Elle s'efface et disparaît.

MAIA NOX

MUSA.

Eia age, sume lyram, mihique oscula fige, poeta;
Conscia sylvestris pubescit gemma roseti.
Ver hoc vespere adest; auras modò ventus aduret;
Lucis et exspectans primæ dùm fulserit ortus,
In nascente rubo cœpit motacilla sedere.
Eia age, sume lyram, mihique oscula fige, poeta!

POETA.

Ut nigrat vallis! corpus quasi nube refusum
Desuper in sylvâ surgere crediderim!
Exierat prato; per gramina summa volabat;
Mira quidem species! labitur atque fugit!

LA MUSE.

Poète, prends ton luth ; la nuit, sur la pelouse,
Balance le zéphyr dans son voile odorant.
La rose, vierge encor, se referme jalouse
Sur le frelon nacré qu'elle enivre en mourant.
Ecoute ! tout se tait ; songe à la bien-aimée.
Ce soir, sous les tilleuls, à la sombre ramée,
Le rayon du couchant laisse un adieu plus doux.
Ce soir, tout va fleurir ; l'immortelle nature
Se remplit de parfums, d'amour et de murmure,
Comme le lit joyeux de deux jeunes époux.

LE POÈTE.

Pourquoi mon cœur bat-il si vite !
Qu'ai-je donc en moi qui s'agite,
Dont je me sens épouvanté ?
Ne frappe-t-on pas à ma porte ?
Pourquoi ma lampe, à demi-morte,
M'éblouit-elle de clarté ?
Dieu puissant ! tout mon cœur frisonne.
Qui vient ? qui m'appelle ? Personne.
Je suis seul ; c'est l'heure qui sonne ;
O solitude ! O pauvreté !

MUSA.

Sume, poeta, lyram : molles per graminis umbras,
In velo zephyrum nox humida librat odoro ;
Cæruleumque premens fragranti in carcere fucum,
Æmula virgineos moriens rosa claudit honores.
Audi : cuncta silent : blandæ memor esto puellæ !
Nunc Phœbi occiduum sub vespere lumen amici,
Blandius arridens tiliis valedicit opacis.
Omnia jàm florent hoc vespere ; spargit odores
Dulce fremens, et amore calet natura perennis :
Sic ornat juvenum par connubiale voluptas.

POETA.

Cur mihi sic trepidat mens exagitata? tumultus
Intima nescio quis pectora terrificat.
Nonne meæ crepuêre fores? rediviva repentè
Cur magis irradiat clara lucerna mea?
En horror mihi membra quatit : Quis me vocat, aut quis
Hùc tendit gressus? ô Deus omnipotens !...
Heu ! nihil est ; me nemo vocat... sola assonat hora !
Hic adsum miserè solus, egenus ego !

LA MUSE.

Poëte, prends ton luth ; le vin de la jeunesse
Fermente cette nuit dans les veines de Dieu.
Mon sein est inquiet ; la volupté l'oppresse,
Et les vents altérés m'ont mis la lèvre en feu.
O paresseux enfant, regarde, je suis belle.
Notre premier baiser, ne t'en souviens-tu pas,
Quand je te vis si pâle au toucher de mon aile,
Et que, les yeux en pleurs, tu tombas dans mes bras ?
Ah ! je t'ai consolé d'une amère souffrance !
Hélas ! bien jeune encor, tu te mourais d'amour.
Console-moi ce soir, je me meurs d'espérance ;
J'ai besoin de prier pour vivre jusqu'au jour.

LE POÈTE.

Est-ce toi dont la voix m'appelle ;
O ma pauvre muse, est-ce toi !
O ma fleur ! ô mon immortelle ?
Seul être pudique et fidèle
Où vive encor l'amour de moi !
Oui, te voilà ; c'est toi, ma blonde,
C'est toi, ma maîtresse et ma sœur !
Et je sens, dans la nuit profonde,
De ta robe d'or qui m'inonde,
Les rayons glisser dans mon cœur.

MUSA.

Sume, poeta, lyram, quasi vinum, hâc nocte juventa
Numinis in calidis fervescit vivida venis.
Cor mihi sollicitum premit imperiosa voluptas,
Et labia incendunt jejuno flamine venti.
Respice, lente puer, sanè est mihi forma venusta.
An mea prima tuâ fugerunt oscula mente,
Cùm nostræ tacito contactu pallidus alæ
Nostras proruceres, lacrymis suffusus, in ulnas?
Ah! solata fui te nuper amara dolentem!
Heu! præmaturo correptus amore peribas!
Nunc ego sum solanda tibi: spes me enecat; ut me
Crastina lux videat, totâ est mihi mente precandum.

POETA.

Tune igitur me voce vocas? Tu quæ mihi semper
  Flos æternus ades, tu bona musa mea?
Quæ mihi sola fidem servâsti casta pudicam,
  Quæ me sola tuo semper amore foves!
Ah! te, te agnosco! flavos agnosco capillos!
  Tu mihi blanda venus, tu mihi amica soror!
Jamque meum pectus recreant sub nocte profundâ
  Quos mittit radios aurea palla tua.

LA MUSE.

Poëte, prends ton luth ; c'est moi, ton immortelle,
Qui t'ai vu cette nuit triste et silencieux,
Et qui, comme un oiseau que sa couvée appelle,
Pour pleurer avec toi, descends du haut des cieux.
Viens, tu souffres, ami. Quelque ennui solitaire
Te ronge, quelque chose a gémi dans ton cœur :
Quelque amour t'est venu, comme on en voit sur terre,
Une ombre de plaisir, un semblant de bonheur.
Viens ! chantons devant Dieu ; chantons dans tes pensées,
Dans tes plaisirs perdus, dans tes peines passées,
Partons, dans un baiser, pour un monde inconnu.
Eveillons au hasard les échos de ta vie ;
Parlons-nous de bonheur, de gloire et de folie ;
Et que ce soit un rêve, et le premier venu.
Inventons quelque part des lieux où l'on oublie.
Partons, nous sommes seuls ; l'univers est à nous.
Voici la verte Ecosse, et la brune Italie,
Et la Grèce, ma mère, où le miel est si doux ;
Argos et Ptéléon, ville des hécatombes,
Et Messa la divine, agréable aux colombes ;
Et le front chevelu du Pélion changeant ;
Et le bleu Titarèse, et le golfe d'argent,
Qui montre dans ses eaux où le cygne se mire
La blanche Oloossone à la blanche Camyre.

MUSA.

Sume, poeta, lyram : tua sum tibi musa perennis !
Hâc ego servantem tè mœsta silentia nocte
Prospiciens, ut avis sua quam vocat anxia proles,
Quæ tibi collacrymem, cœlesti deferor arce.
Flebilis in te aliquis latitat dolor ; ô bone, mecum
Hùc ades ! infixum pascis sub pectore vulnus ;
Te cepit terrenus amor, te scilicet umbra
Vana voluptatis, fugitiva et inanis imago !...
Hùc ades ! ante Deum, ante tuæ penetralia mentis,
Dicamus tibi quæ fuerint bona, quæ mala ; in uno
Osculo ad ignotas regiones ambo ruamus !
Quælibet acta tui evolvamus stamina fati ;
Sint nobis laus, prosperitas, amentia in ore ;
Somnia sint vel prima etiam casu obvia ; nobis
Fingendus locus est Lethææ proximus undæ.
Solis terra patet : nostra est provincia Mundus ;
Nos vocat : ad Scotos virides fuscosve migremus
Hesperios ; nos alma parens mea, Græcia, dulci
Melle suo famosa, vocat ; nos et vocat Argos,
Et Pteleon fecunda boûm, divinaque Messa,
Grata columbarum sedes ; nos Pelius alti
Mons vocat incertas protendens verticis umbras.
Cærulei en fluctus Titaresi ; argenteus undis
Ecce sinus, speculum cycnis, ubi prona Camiræ
Candida miratur niveos Oloossona vultus.

Dis-moi quel songe d'or nos chants vont-ils bercer ?
D'où vont venir les pleurs que nous allons verser ?
Ce matin, quand le jour a frappé ta paupière,
Quel séraphin pensif, courbé sur ton chevet,
Secouait des lilas dans sa robe légère,
Et te contait tout bas les amours qu'il rêvait?
Chanterons-nous l'espoir, la tristesse ou la joie ?
Tremperons-nous de sang les bataillons d'acier?
Suspendrons-nous l'amant sur l'échelle de soie?
Jetterons-nous au vent l'écume du coursier?
Dirons-nous quelle main, dans les lampes sans nombre
De la maison céleste, allume nuit et jour
L'huile sainte de vie et d'éternel amour?
Crierons-nous à Tarquin : «Il est temps, voici l'ombre?»
Descendrons-nous cueillir la perle au fond des mers ?
Mènerons-nous la chèvre aux ébéniers amers ?
Montrerons-nous le ciel à la mélancolie ?
Suivrons-nous le chasseur sur les monts escarpés?
La biche le regarde ; elle pleure et supplie ;
Sa bruyère l'attend ; ses faons sont nouveau-nés ;
Il se baisse, il l'égorge, il jette à la curée,
Sur les chiens en sueur, son cœur encor vivant.
Peindrons-nous une vierge, à la joue empourprée,
S'en allant à la messe, un page la suivant ?
Et d'un regard distrait, à côté de sa mère,
Sur sa lèvre entr'ouverte oubliant sa prière,
Elle écoute en tremblant, dans l'écho du pilier,
Résonner l'éperon d'un hardi cavalier.

Aurea, dic, agitet nostrum quæ somnia carmen?
Fletibus aut nostris quis fons erit?... ut tibi primùm
Hocce die nascens lux matutina refulsit,
Te lecto tacitus quisnam angelus ante jacentem
Lilaceos tenui decussit veste racemos?
Quis tibi mussabat quos mente foveret amores!...
An spem, tristitiam vel gaudia læta canemus?
Sanguineo æratas tingemus rore phalanges?
Sericeove gradu innixum dicemus amantem,
Spumiferovel equum perflantem turbine campos?
Dicemus quæ mille faces, noctuque diuque
Sacrum vitæ oleum, divini nectar amoris
Infundens, manus ætherâ suspendat ab arce?
Tarquinione simul clamabimus : umbra morantem
Te vocat? an ponti lectum sub gurgite gemmas
Ibimus, aut ebenos capram ducemus ad acres?
Cœleste hospitium tristi ostendemus amico?
Venantemve virum per inhospita saxa sequemur?
Cum lacrymis miserè supplex hunc cerva tuetur :
Quam proles modò nata vocat, patriæque myricæ
Exspectant... ferro pronus necat ille jacentem,
Et calidis canibus spirantia projicit exta.
Orane pingemus roseos induta colores
Quæ pia templa petit, puero comitante, puellæ!
Proxima cùm matri dubios fert subter ocellos,
Dimidiamque precem retinens ferè hiante labello,
Auscultat tremebundà sonum quem rettulit echo
Sacra domûs, ut eques calcare incedit ovanti?

Dirons-nous aux héros des vieux temps de la France
De monter tout armés aux créneaux de leurs tours,
Et de ressusciter la naïve romance
Que leur gloire oubliée apprit aux troubadours?
Vêtirons-nous de blanc une molle élégie?
L'homme de Waterloo nous dira-t-il sa vie,
Et ce qu'il a fauché du troupeau des humains,
Avant que l'envoyé de la nuit éternelle
Vint sur son tertre vert l'abattre d'un coup d'aile,
Et sur son cœur de fer lui croiser les deux mains?
Clouerons-nous au poteau d'une satire altière
Le nom sept fois vendu d'un pâle pamphlétaire,
Qui, poussé par la faim, du fond de son oubli,
S'en vient tout grelottant d'envie et d'impuissance,
Sur le front du génie insulter l'espérance,
Et mordre le laurier que son souffle a sali?
Prends ton luth! prends ton luth! je ne veux plus me taire.
Mon aile me soulève au souffle du printemps.
Le vent va m'emporter; je vais quitter la terre;
Une larme de toi! Dieu m'écoute; il est temps.

LE POETE.

S'il ne te faut, ma sœur chérie,
Qu'un baiser d'une lèvre amie,
Et qu'une larme de mes yeux,
Je te les donnerai sans peine;

Dicemusne viris quos olim Gallia fortes
Terra tulit, properent armati scandere turrim
Quisque suam, et nobis ea reddere carmina prima
Quæ laus ipsorum afflavit neglecta poetis?
An molles Elegos albo cingemus amictu?
An potiùs nostro vir Waterloicus ore
Narrabit famosa sui discrimina fati?
An dicet nobis hominum quàm de grege multos
Straverit, anté ipsum quàm lethifer Angelus alâ
Stravisset viridi in tumulo, lethoque jacentem
Brachia in ærato jussisset nectere corde?
Venalemne virum tingit qui felle libellos
Pallentem satiræ palo affigemus acuto,
Qui, stimulante fame, obscuro de limine pulsus,
Debilitate suâ simul et livore tremiscens,
Ingenium laudi arridens obtrectat, et acri
Dente petit lauros fœdâ quas polluit aurâ?
Sume, age, sume lyram; nequeo jam verba tenere.
Veris ad afflatum mea me rapit ala, brevique
Me procul à terris ventus feret! ah! mihi saltem
Unam da lacrymam... jam me Deus audit... eundum est!

POETA.

Si satis unus erit tibi nostro amplexus ab ore,
  Fletus, amica soror, si satis unus erit,
Hoc facilis tibi utrumque dabo: in cœlestibus oris
  Pectore sub memori sit tibi noster amor!

De nos amours qu'il te souvienne,
Si tu remontes dans les cieux.
Je ne chante ni l'espérance,
Ni la gloire, ni le bonheur,
Hélas! pas même la souffrance.
La bouche garde le silence,
Pour écouter parler le cœur.

LA MUSE.

Crois-tu donc que je sois comme le vent d'automne,
Qui se nourrit de pleurs jusque sur un tombeau,
Et pour qui la douleur n'est qu'une goutte d'eau?
O poète! un baiser, c'est moi qui te le donne;
L'herbe que je voulais arracher de ce lieu,
C'est ton oisiveté; ta douleur est à Dieu.
Quel que soit le souci que ta jeunesse endure,
Laisse-la s'élargir cette sainte blessure
Que les noirs Séraphins t'ont faite au fond du cœur;
Rien ne nous rend si grands qu'une grande douleur.
Mais, pour en être atteint, ne crois pas, ô poète,
Que ta voix ici-bas doive rester muette.
Les plus désespérés sont les chants les plus beaux,
Et j'en sais d'immortels qui sont de purs sanglots.
Lorsque le pélican, lassé d'un long voyage,
Dans les brouillards du soir retourne à ses roseaux,
Ses petits affamés courent sur le rivage,
En le voyant au loin s'abattre sur les eaux.

Nec spes, nec laudem, neque res ego dico secundas;
Heu ! cantus à me non habet ipse dolor !
Os etenim tacitum pudibunda silentia servat,
Quò meliùs teneat, corde loquente, sonos !

MUSA.

Mene putas vento similem, autumnalibus horis,
Qui super et tumulum lacrymoso pascitur haustu,
Nil nisi aquæ guttam nostrum ratus esse dolorem?
En ego te ipsa meo volo tangere, blande, labello;
Herbam erat ex istis mihi mens avellere campis:
Scilicet hocce tuam mentem purgare veterno;
Nempe Dei est tuus ille dolor. Quodcumque juventa
Curarum tua pressa gemat, patiare dehiscat
Largiùs hoc sacrum vulnus, quo pectus ad imum
Te Seraphim fixere nigri; nos efficit ingens
Ingentes ærumna viros; at ne tibi credas,
Quippe, poeta, dolor te læserit, esse tacendum;
Illa quibus spes omnis abest pulcherrima longé
Carmina sunt; nonnulla quidem immortalia novi.
Quæ lacrymas solùm intùs habent.—Per nubila brumæ,
Qualis arundineas fessus pelicanus ad ædes
Longum iter emensus, remeat; per stagna ruentem
Hunc simul ac proles jejuna aspexit, in oras

Déjà, croyant saisir et partager leur proie,
Ils courent à leur père avec des cris de joie,
En secouant leurs becs sur leurs goîtres hideux.
Lui, gagnant à pas lents une roche élevée,
De son aile pendante abritant sa couvée,
Pêcheur mélancolique, il regarde les cieux.
Le sang coule à longs flots de sa poitrine ouverte;
En vain il a des mers fouillé la profondeur;
L'océan était vide et la plage déserte :
Pour toute nourriture il apporte son cœur.
Sombre et silencieux, étendu sur la pierre,
Partageant à ses fils ses entrailles de père,
Dans son amour sublime, il berce sa douleur;
Et regardant couler sa sanglante mamelle,
Sur son festin de mort il s'affaisse et chancelle,
Ivre de volupté, de tendresse et d'horreur.
Mais parfois, au milieu du divin sacrifice,
Fatigué de mourir dans un trop long supplice,
Il craint que ses enfants ne le laissent vivant;
Alors il se soulève, ouvre son aile au vent,
Et se frappant le cœur avec un cri sauvage,
Il pousse dans la nuit un si funèbre adieu,
Que les oiseaux des mers désertent le rivage,
Et que le voyageur attardé sur la plage,
Sentant passer la mort, se recommande à Dieu.
Poète, c'est ainsi que font les grands poètes.
Ils laissent s'égayer ceux qui vivent un temps;
Mais les festins humains qu'ils servent à leurs fêtes

Advolat, optatæ jàm prædæ certa, suumque
Turpiter excutiens gibboso in gutture rostrum,
Circumfusa petit magno clamore parentem.
Ille gradu lento prærupta cacumina rupis
Scandit, progeniemque fovens pendente sub alâ,
Tristis piscator, cœlum sublime tuetur.
Plurimus effosso manat de pectore sanguis.
Heu ! scrutatus erat maris intima viscera frustrà !
Piscem in conspectu nullum ! plaga nuda patebat !
Convivale suis pectus solam attulit escam.
En tacité mœrens saxo prostratus inhæret,
Atque paterna suæ dispensans viscera proli,
Sublimi blandum quasi lactat amore dolorem.
Ubere despiciens fluctus manare cruentos,
Præ se fert epulas moriturus... jamque vacillat
Collapsus, seu dirus amor, seu dira voluptas,
Seu ferus exuerit dementem sensibus horror !
Sæpe autem sacra dùm celebrat convivia, fessus
Quòd sibi producat nimiùm mors lenta dolores,
Ne vivum patrem proles satiata relinquat,
Se levat et ventis alam explicat, et sibi pectus
Cum clamore fero tundens, in nocte profundâ,
Tam lugubre sonans vitæ valedicit, ut omnis
Fugerit oceani de littore turba volantûm;
Ut, quasi sentiret tardatus forté viator
Hanc Mortem ire viam, se commendârit ab imâ
Mente Deo. — Magnis ratio haud diversa poetis
Esse, poeta, solet : Qui tempus vivit in unum

Ressemblent la plupart à ceux des pélicans.
Quand ils parlent ainsi d'espérances trompées,
De tristesse et d'oubli, d'amour et de malheur,
Ce n'est pas un concert à dilater le cœur.
Leurs déclamations sont comme des épées;
Elles tracent dans l'air un cercle éblouissant;
Mais il y pend toujours quelques gouttes de sang.

LE POÈTE.

O muse, spectre insatiable,
Ne m'en demande pas si long.
L'homme n'écrit rien sur le sable
A l'heure où passe l'aquilon.
J'ai vu le temps où ma jeunesse
Sur mes lèvres était sans cesse
Prête à chanter comme un oiseau;
Mais j'ai souffert un dur martyre,
Et le moins que j'en pourrais dire,
Si je l'essayais sur ma lyre,
La briserait comme un roseau.

Hunc lætum esse sinunt; sed non aliena cruentis
Sunt pelicani epulis quæ, dùm sua festa celebrant,
Humana apponunt convivia; spes ubi fractas,
Tristitiam, ærumnas, spretæve oblivia flammæ,
Carmine sic agitant, tales in pectore cantus
Gaudia nulla movent; velut enses, verba coruscant;
Describunt rutilum per tractus ætheris orbem.....
Pensile verùm aliquid semper fluit inde cruoris.

POETA.

O Musa, o spectrum nunquàm satiabile, ne me
  Ut tantum aggrediar sollicitare velis!
Quum sævit Boreæ vis debacchata per auras,
  Nil in arenoso pulvere scribit homo.
Nuper avi similis, primævo in flore juventæ,
  Ad lætos cantus usque paratus eram;
Sed mala dura tuli, quorum mea si lyra tentet
  Vel minimum, ut calamus, pondere fracta gemat.

LES

DEUX PIGEONS

PAR

LAFONTAINE

A MONSIEUR JULES DE PARSEVAL

O cui, dùm vitæ placidus teris otiä, chartis
 Captiva arridet Flora venusta suis,
Quos mea Musa tibi nuper collegit, amici
 His animi pateat floribus hospitium !

LES DEUX PIGEONS

Deux pigeons s'aimaient d'amour tendre :
L'un d'eux, s'ennuyant au logis,
Fut assez fou pour entreprendre
Un voyage en lointain pays.
L'autre lui dit ; Qu'allez-vous faire?
Voulez-vous quitter votre frère?
L'absence est le plus grand des maux !
Non pas pour vous, cruel ! Au moins, que les travaux,
Les dangers, les soins du voyage,
Changent un peu votre courage.
Encor si la saison s'avançait davantage!
Attendez les Zéphirs : Qui vous presse ? un corbeau
Tout à l'heure annonçait malheur à quelque oiseau.
Je ne songerai plus que rencontre funeste;
Que faucons, que réseaux. Hélas! dirai-je, il pleut !
Mon frère a-t-il tout ce qu'il veut,
Bon souper, bon gîte, et le reste?
Ce discours ébranla le cœur
De notre imprudent voyageur :

COLUMBI DUO

Unus habebat amor junctos duo fortè columbos :
Alter, quem patriæ capiebant tædia sedis,
Distantes, nimiùm demens, regionis in oras,
Longinquum suscepit iter. Tùm : Quò ruis ? inquit
Alter ; Vis-ne domi solum tu linquere fratrem ?
Nullum pejus adest quàm sæva absentia damnum :
Non tibi, crudelis !... tua saltem, cura, labores
Mille viæ, necnon et tanta pericula vertant
Consilia ! Ah ! finis si tempestatis adesset
Proximus ! Exspecta Zephyros : Quæ causa viarum
Tanta tibi est ? alicui nuper de gente volantûm
Certam perniciem cornix præsaga canebat.
Quos fortuna trahit fatales obvia casus,
Retia et accipitrem solâ jam mente revolvam.
Hei mihi ! sic mecum : cadit imber : Nùm meus absens
Frater habet quodcumque cupit, cœnamque paratami
Tutumque hospitium ? Nùm cætera ?.. Quæ malé caut
Verba viatoris moverunt pectus, at illum

Mais le désir de voir et l'humeur inquiète
L'emportèrent enfin. Il dit : Ne pleurez point ;
Trois jours au plus rendront mon âme satisfaite.
Je reviendrai dans peu conter, de point en point,
    Mes aventures à mon frère.
Je le désennuierai. Quiconque ne voit guère
N'a guère à dire aussi. Mon voyage dépeint
    Vous sera d'un plaisir extrême.
Je dirai : j'étais là : telle chose m'advint :
    Vous y croirez être vous-même.
A ces mots, en pleurant, ils se disent adieu.
Le voyageur s'éloigne, et voilà qu'un nuage
L'oblige de chercher retraite en quelque lieu.
Un seul arbre s'offrit, tel encor que l'orage
Maltraita le pigeon, en dépit du feuillage.
L'air devenu serein, il part tout morfondu ;
Sèche du mieux qu'il peut son corps chargé de pluie ;
Dans un champ, à l'écart, voit du blé répandu ;
Voit un pigeon auprès ; cela lui donne envie ;
Il y vole, il est pris : ce blé couvrait d'un lacs
    Les menteurs et traîtres appas.
Le lacs était usé ; si bien que, de son aile,
De ses pieds, de son bec, l'oiseau le rompt enfin ;
Quelque plume y périt : et le pis du destin
Fut qu'un certain vautour, à la serre cruelle,
Vit notre malheureux qui, traînant la ficelle,
Et les morceaux du lacs qui l'avait attrapé,
    Semblait un forçat échappé.

Sollicitì mores et amor vicêre videndi.
Parce tuis, inquit, lacrymis, nihil ampliùs ad te
Optantem me terna dies lætumque reducet.
Mox fratri narrabo meos ex ordine cursus.
Si quid habet triste, excutiam. Non multa loquetur
Qui non multa videt ; tibi maxima gaudia nostrum
Descriptum præbebit iter. Memor, hic ego, dicam,
Tunc aderam : tales mihi sors dedit obvia casus :
Ipse ibidem simul esse putes. — Sic ille ; vicissim
Tùm dixêre : Vale ! flentes, abiitque viator.
Cogit eum nubes alicui succedere tecto.
Arbor sola aderat, sed sic fuit hospita ramis,
Ut sentiret avis tristem malé tuta procellam.
Aere purgato, proficiscitur algida pennâ,
Utque potest, siccat madefactos imbribus artus.
En frumenta videt semotos sparsa per agros,
Quæ juxtà alliciens conviva columba sedebat.
Advolat et capitur : sedenim insidiosa plagarum
Velabant frumenta dolos; sic triverat usus
Hasce plagas, ut avis tandem perruperit alâ
Et rostro et pedibus laqueos, at non sine quodam
Pennarum damno..... sed proh ! lacrymabile fatum !
Unguibus en miseram vultur prædator aduncis,
Prospicit, heu ! secum, fugitivi remigis instar,
Fragmina vinclorum lateri suspensa trahentem.

Le vautour s'en allait le lier, quand des nues
Fond à son tour un aigle aux ailes étendues.
Le pigeon profita du conflit des voleurs,
S'envola, s'abattit auprès d'une masure;
Grut pour ce coup, que ses malheurs
Finiraient par cette aventure :
Mais un fripon d'enfant (cet âge est sans pitié)
Prit sa fronde, et du coup tua plus d'à-moitié
La volatile malheureuse,
Qui, maudissant sa curiosité,
Traînant l'aile et tirant le pié,
Demi-morte et demi-boiteuse,
Droit au logis s'en retourna :
Que bien, que mal, elle arriva,
Sans autre aventure fâcheuse.
Voilà nos gens rejoints : et je laisse à juger
De combien de plaisirs ils payèrent leurs peines !
Amants, heureux amants, voulez-vous voyager?
Que ce soit aux rives prochaines.
Soyez-vous l'un à l'autre un monde toujours beau,
Toujours divers, toujours nouveau ;
Tenez-vous lieu de tout, comptez pour rien le reste.
J'ai quelquefois aimé : Je n'aurais pas alors,
Contre le Louvre et ses trésors,
Contre le firmament et sa voûte céleste,
Changé les bois, changé les lieux
Honorés par les pas, éclairés par les yeux

Jamque ruebat hians. . . cœlo quum lapsus ab alto
Armiger ipse Jovis sublimibus irruit alis.
Profuit hostilis prædonum rixa columbæ :
Nec mora : semiruta effugiens prope tecta resedit,
Arbitata suos demùm cessare labores.
At puer improbulus (pueris miseratio nulla)
Fundam corripiens vel primo dejicit ictu
Semianimam volucrem, quæ se indignata videndi
Tam cupidam, propè clauda pedem, propè mortua, pennas
Ægré lenta trahit, rectoque ad limina cursu
Tendit iter, nullumque super jàm passa dolorem
Hinc illinc repetit, gressu titubante, penates.
En nostri conjuncti iterum : licet hîc tibi mente
Fingere quanta graves pensârint gaudia curas.
Vos quos junxit amor, peregré si vultis abire,
Ah ! sit iter vobis ad proxima littora ! vestrûm
Alterutri alteruter pro toto rideat orbe !
Sit novus et varius semper, sit et una voluptas
Præ quâ cætera sint vobis nihil ! . . Ipse et amavi
Nonnunquàm ; sed ego, tunc temporis, ante tulissem
Et Luparæ, et gazis quas intima servat, et arci
Stelliferæ, nemora atque locos, quibus et decus ipso

De l'aimable et jeune bergère,
Pour qui, sous le fils de Cythère,
Je servis, engagé par mes premiers serments.
Hélas ! quand reviendront de semblables moments !
Faut-il que tant d'objets si doux et si charmants
Me laissent vivre au gré de mon âme inquiète !
Ah ! si mon cœur osait encor se renflammer !
Ne sentirai-je plus de charme qui m'arrête ?
Ai-je passé le temps d'aimer ?

Incessu, lumenque oculis, addebat amanda
Virgo mea, acceptâ fidei cui lege ligatus,
Prima ego promerui stipendia miles amoris.
Eheu! quandò iterum venient hæc tempora! passim
Quùm sint tot veneres, tot amorum semina, cur me
Sollicitæ arbitrio patiuntur vivere mentis?
Concepisse novos mea si mens audeat ignes?..
Ergo nulla meum capient jam dulcia pectus
Vincula? Jamne mihi tempestas fluxit amorum?

L'ANGE ET L'ENFANT

PAR

JEAN REBOUL

IMITATION

—

A S. G. MONSEIGNEUR PLANTIER

Evêque de Nimes.

Hosce meos versus, quæso, bonus accipe, Pastor,
Laus licet alterius tota sit ingenii ;
Virgilius sedenim monuit : « tulit alter honorem ;
» Sic vos non vobis vellera fertis, oves. »

L'ANGE ET L'ENFANT

A UNE MÈRE

Un ange au radieux visage,
Penché sur le bord d'un berceau,
Semblait contempler son image,
Comme dans l'onde d'un ruisseau.

« Charmant enfant qui me ressemble,
» Disait-il, oh ! viens avec moi !
» Viens, nous serons heureux ensemble,
» La terre est indigne de toi.

» Là, jamais entière allégresse :
» L'âme y souffre de ses plaisirs ;
» Les cris de joie ont leur tristesse,
» Et les voluptés leurs soupirs.

ANGELUS ET INFANS

AD MATREM

Ecce videbatur, radianti splendidus ore,
Angelus ipse suos, puri quasi fontis in undâ,
Pronus in infantis cunabula cernere vultus.
« O puer, aiebat, faciem qui, blandule, nostram
» Ore refers, comes esto meus; te vita perennis
» Nostra vocat; melior, terrenas, ah! fuge sedes!
» Omnia habent lacrymas terrestria gaudia; læti
» Triste sonant hominum cantus! Humana voluptas,

» La crainte est de toutes les fêtes ;
» Jamais un jour calme et serein
» Du choc ténébreux des tempêtes
» N'a garanti le lendemain.

» Eh quoi ! les chagrins, les alarmes,
» Viendraient troubler ce front si pur !
» Et par l'amertume des larmes
» Se terniraient ces yeux d'azur !

» Non, non ; dans les champs de l'espace
» Avec moi tu vas t'envoler ;
» La Providence te fait grâce
» Des jours que tu devais couler,

» Que personne dans ta demeure
» N'obscurcisse ses vêtements ;
» Qu'on accueille ta dernière heure
» Ainsi que tes premiers moments.

» Que les fronts y soient sans nuage,
» Que rien n'y révèle un tombeau ;
» Quand on est pur comme à ton âge,
» Le dernier jour est le plus beau. »

Et, secouant ses blanches ailes,
L'ange, à ces mots, a pris l'essor
Vers les demeures éternelles...
Pauvre mère !... ton fils est mort !

» Non gemitu caret ipsa suo. Timor assidet hospes
» Omnibus hîc epulis. Hesterno sole serena,
» Quòd niteat sine nube dies, ventique silescant,
» Nulla est inde fides non impendere procellam
» Cujus crastina lux tenebris horrescat obortis.
» Curarum, quid enim? tristissima nubila puram
» Hanc frontem suffusa tegent!... spargetis, amaræ
» Vos, lacrymæ, hos oculos quibus æmulus invidet æther!...
» Non ità : quà cœli spatia infinita patescunt,
» Te procul hinc mecum sociâ volo tollere pennâ.
» Quæ fuerat tibi vita, puer, vivenda, remittit
» Clemens ipse Deus; nemo lugubria sumat
» Atra domi; quæ vox te primo in limine vitæ,
» Extremo in vitæ te limine læta salutet!
» Neminis insideat fronti dolor; extera mortis
» Sit nota nulla tuæ; vestigia nulla sepulcri.
» Quem sua sic ætas puro vestivit amictu
» Est olli suprema dies faustissima vitæ. »
Dixit, et assurgens niveas movet Angelus alas.
Nec mora : Cœlicolûm sedes petit... Hei tibi, mater,
Hei miseræ! periit, periit, jam non tuus, infans!

L'ANGE ET L'ENFANT

PAR

JEAN REBOUL

A MONSIEUR MARION-WERNER

professeur au Lycée de Montpellier.

Blande vir, hosce tibi mitto, munuscula, versus,
    Quos ego, te propter, sedulus excolui ;
Contraxi nimiam breviori carmine Musam :
    Si minus ille labor peccat, amice, tuum est.

L'ANGE ET L'ENFANT

A UNE MÈRE

Un ange au radieux visage,
Penché sur le bord d'un berceau,
Semblait contempler son image,
Comme dans l'onde d'un ruisseau.

« Charmant enfant qui me ressemble,
» Disait-il, oh ! viens avec moi !
» Viens, nous serons heureux ensemble,
» La terre est indigne de toi.

» Là, jamais entière allégresse :
» L'âme y souffre de ses plaisirs ;
» Les cris de joie ont leur tristesse
» Et les voluptés leurs soupirs.

ANGELUS ET INFANS

AD MATREM

Ipse suam, in cunas, rivi quasi pronus in undam,
Spectabat radians Angelus effigiem :

« O cognate puer, mecum fuge : te male terra
» Detinet ; una ambos vita beata vocat !

» His manca in terris sunt gaudia ; manca voluptas ;
» Nec gemitu ulla caret lætitia usque suo ;

» La crainte est de toutes les fêtes ;
» Jamais un jour calme et serein
» Du choc ténébreux des tempêtes
» N'a garanti le lendemain.

» Eh quoi ! les chagrins, les alarmes,
» Viendraient troubler ce front si pur !
» Et par l'amertume des larmes
» Se terniraient ces yeux d'azur !

» Non, non ; dans les champs de l'espace
» Avec moi tu vas t'envoler ;
» La Providence te fait grâce
» Des jours que tu devais couler.

» Que personne dans ta demeure
» N'obscurcisse ses vêtements ;
» Qu'on accueille ta dernière heure
» Ainsi que tes premiers moments.

» Que les fronts y soient sans nuage,
» Que rien n'y révèle un tombeau ;
» Quand on est pur comme à ton âge,
» Le dernier jour est le plus beau. »

Et, secouant ses blanches ailes,
L'ange, à ces mots, a pris l'essor
Vers les demeures éternelles. . .
Pauvre mère ! . . . ton fils est mort !

» Festa metu pallent. Lux est hodierna serena?
» Cras tenebris horrens forte procella furet.

» Quid! nitidam hanc violent luctus et tædia frontem?
» Inquinet hæc fletus lumina cærulea?...

» Non ita : nam mecum fugies per inane : quod ævi
» Vivere debueras, parcit id ipse Deus.

» Nemo domi pullam vestem induat : ultima cunctis
» Ut tua natalis, rideat hora placens.

» Absit fronte dolor, tumulo nota; luce supremâ
» Te purum infantem non decet ulla magis. »

Dixit, et alta petens niveas movet Angelus alas :
Vixit filiolus!... Væ miseranda parens!

IMPRÉCATIONS

DE CAMILLE

PAR

CORNEILLE

A MONSIEUR JULES JANIN

Tu per quem insolitos sibi nunc miratur honores
Flaccus, ab ore tuo gallica verba sonans,
Tiburis esto memor ! Nostri memor esto magistri ;
Et memori versus accipe mente meos !

IMPRÉCATIONS

DE CAMILLE

Rome, l'unique objet de mon ressentiment!
Rome, à qui vient ton bras d'immoler mon amant!
Rome, qui t'a vu naître et que ton cœur adore!
Rome enfin que je hais parce qu'elle t'honore!
Puissent tous ses voisins ensemble conjurés
Saper ses fondements encor mal assurés!
Et si ce n'est assez de toute l'Italie,
Que l'Orient contre elle à l'Occident s'allie;
Que cent peuples unis des bouts de l'univers
Passent pour la détruire et les monts et les mers!
Qu'elle-même sur soi renverse ses murailles,
Et de ses propres mains déchire ses entrailles!
Que le courroux du ciel, allumé par mes vœux,
Fasse pleuvoir sur elle un déluge de feux!
Puissé-je de mes yeux y voir tomber la foudre,
Voir ses maisons en cendre, et tes lauriers en poudre,
Voir le dernier Romain à son dernier soupir,
Moi seule en être cause, et mourir de plaisir!

IMPRECATUR CAMILLA

O mihi Roma, mei causa unica, Roma, doloris!
Roma meum cui sæva manus tua stravit amantem!
Roma tibi natale solum, tua summa voluptas!
Roma invisa mihi quia tot tibi solvit honores!
Conjurata utinàm gens olli proxima quæque
Fundamenta solo nondùm bene fixa revellat!
Et si non satis est gens itala tota rebellet,
Occiduæ Eois gentes se gentibus addant!
Trans maria et montes, longis e finibus orbis,
Mille simul populi romana in funera currant!
Roma suos in se subvertat conscia muros,
Et sua cum propriâ discerpat viscera dextrâ!
Voto incensa meo, cœlestis numinis ira
Undantes in eam per nubila depluat ignes!
Ejus ego intuear delapsum fulmen in ædes,
Absumptasque tuas, media inter rudera, lauros!
Romanus supremùm efflet, me teste, supremus,
Meque mali solam auctorem mea gaudia rumpant!

LES DEUX RATS

LE RENARD & L'ŒUF

PAR

LAFONTAINE

A MONSIEUR EGGER.

Summe vir hosce meos felix, precor, accipe versus;
Arrisit Phœbo sæpe Minerva soror.
Ad te nostra memor relegit vestigia Musa,
Nactaque te facilem, te pia rursùs adit.

LES DEUX RATS

LE RENARD ET L'ŒUF

Iris, je vous louerais; il n'est que trop aisé :
Mais vous avez cent fois notre encens refusé;
En cela peu semblable au reste des mortelles,
Qui veulent tous les jours des louanges nouvelles.
Pas une ne s'endort à ce bruit si flatteur.
Je ne les blâme point; je souffre cette humeur :
Elle est commune aux dieux, aux monarques, aux belles.
Ce breuvage vanté par le peuple rimeur,
Le nectar que l'on sert au maître du tonnerre,
Et dont nous enivrons tous les dieux de la terre,
C'est la louange, Iris : vous ne la goûtez point;
D'autres propos chez vous récompensent ce point;
  Propos, agréables commerces,
Où le hasard fournit cent matières diverses :
  Jusque-là qu'en votre entretien
La bagatelle a part : le monde n'en croit rien.
  Laissons le monde et sa croyance.
  La bagatelle, la science,

DUO MURES

VULPES ET OVUM

Iri, tuas laudes, res est promptissima, versu
Aggrederer, sedenim mea semper thura recusas,
Femineo diversa gregi, quas usque novarum
Quotidiana solet laudum stimulare cupido.
Laus ubi dulce sonat, quæque est impervia somno
Femina, nec quod eam sua sic trahat ista voluptas
Arguerim ; hoc simili capiuntur amore puellæ
Et Superi et Reges. Qui ponitur ille bibendus
Nectareus liquor ante Jovem ; quem garrula vatum
Gens celebrat ; quo plena madent terrestria fuso
Numina, laus, Iri est ; tibi sordet ; semper apud te
Dicta volant, alio laudes quæ munere pensent.
Plurima dicta volant ; facilis commercia linguæ,
Blanda quibus vario nascuntur semina casu.
Quin etiam et nugis suus est locus : id tamen e te
Credere turba negat ; valeat sed publicus error !

Les chimères, le rien, tout est bon ; je soutiens
Qu'il faut de tout aux entretiens ;
C'est un parterre où Flore épand ses biens ;
Sur différentes fleurs l'abeille s'y repose,
Et fait du miel de toute chose.
Ce fondement posé, ne trouvez pas mauvais
Qu'en ces fables aussi j'entremêle des traits
De certaine philosophie
Subtile, engageante et hardie.
On l'appelle nouvelle. En avez-vous ou non
Ouï parler ?... Ils disent donc
Que la bête est une machine ;
Qu'en elle tout se fait sans choix et par ressorts ;
Nul sentiment, point d'âme, en elle tout est corps.
Telle est la montre qui chemine
A pas toujours égaux, aveugle et sans dessein.
Ouvrez-la, lisez dans son sein :
Mainte roue y tient lieu de tout l'esprit du monde ;
La première y meut la seconde,
Une troisième suit ; elle sonne à la fin.
Au dire de ces gens, la bête est toute telle.
L'objet la frappe en un endroit ;
Ce lieu frappé s'en va tout droit,
Selon nous, au voisin porter la nouvelle :
Le sens de proche en proche aussitôt la reçoit.
L'impression se fait. Mais comment se fait-elle ?
Selon eux, par nécessité,
Sans passion, sans volonté :

Sermo nihil spernit : nec seria, nec vaga mentis
Somnia; amat nugas, ipsum nihil; excipit hospes
Omnia sermo bonus; varii nitet æmulus horti,
Mille suas ubi veris opes Dea prodiga fudit.
Innumeros tenui rostro passim vaga flores
Tentat apis : fiunt, quibus insidet, omnia mella.
Quæ quùm res ità sit, liceat mihi, pace tuâ, Iri,
Doctrinam hisce jocis quamdam miscere sophorum,
Audax artis opus; blando sibi acumine mentes
Conciliat : nova res ea dicitur; ivit ad aures,
Necne tuas? ità fert : est bestia machina tantùm;
Per motus fit quidquid agit, nec sponte movetur.
Ipsa nihil sentit; nihil est nisi corpus, et omni
Mente caret. Sic parva notat quæ mobilis horas
Machina, servat iter quod nescit, passibus æquis
Inconsulta suum ; jamverò arcana reclude
Interiora loci : solers industria quidquid
Effinxisse queat, facit hoc rota ; prima secundam
Ecce movet, sequitur rota tertia, denique cantus
Insonat. Hos si credideris, sic bestia tota.
Occupat illius quamdam res obvia partem :
Nec mora : pars ictum, simul est percussa, remittit.
Proximus inde locus, sic credimus, accipit ipse,
Acceptumque vehens rapit in consortia sensum,
Interiorque oritur motus... sed quomodò? Dicunt :
Bestia nil patitur; subit olli nulla voluntas ;

L'animal se sent agité
De mouvements que le vulgaire appelle
Tristesse, joie, amour, plaisir, douleur cruelle.
Ou quelque autre de ses états.
Mais ce n'est point cela ; ne vous y trompez pas.
Qu'est-ce donc ? une montre. Et nous ? c'est autre chose.
Voici de la façon que Descartes l'expose :
Descartes, ce mortel dont on eût fait un dieu
Chez les païens, et qui tient le milieu
Entre l'homme et l'esprit, comme entre l'huître et l'homme
Le tient tel de nos gens, franche bête de somme.
Voici, dis-je, comment raisonne cet auteur :
Sur tous les animaux, enfants du Créateur,
J'ai le don de penser, et je sais que je pense.
Or, vous savez, Iris, de certaine science,
Que quand la bête penserait,
La bête ne réfléchirait
Sur l'objet ni sur sa pensée.
Descartes va plus loin, et soutient nettement
Qu'elle ne pense nullement.
Vous n'êtes point embarrassée
De le croire ; ni moi. Cependant, quand, au bois,
Le bruit du cor, celui des voix,
N'a donné nul relâche à la fuyante proie ;
Qu'en vain elle a mis ses efforts
A confondre et brouiller la voie,
L'animal chargé d'ans, vieux cerf et de dix cors,

Motibus afficitur, vario qui nomine, vulgò
Mœror, gaudium, amor vocitantur, blanda voluptas,
Vel dolor, aut aliquâ simili ratione trahuntur.
At res non ità fit : Ne te malus auferat error.
Quid tamen illa ?... mea est sic parvula temporis index
Machina. — Sed quis nos ? multùm distamus ab istis.
Rem sic explicuit Cartesius inclytus ille
Mortalis, divos cui gens tribuisset honores...
Ethnica ; cui tantùm terrenæ mixta superna
Natura est, quantùm mihi quilibet alter, asellus,
Ostrea nosque inter medio sedet intervallo.
Hæc igitur fuit auctoris sententia nostri ;
E cunctis quæ rerum Opifex animantia finxit,
Cogito solus ego, tanti mihi muneris intùs
Conscius : Iri, tibi stat in imo pectore certum,
Nonnihil ipsa queat si bestia volvere mente,
Hanc non posse tamen sibi de re fingere quidquam,
Nec de mente magis. Noster Cartesius ultrà
Progreditur, planeque negat quin bestia possit
Mente movere aliquid. Tibi vir satis ille videtur
Credibilis, pariterque mihi. Sed dic tamen : altum
Per nemus, ut voces et rauco buccina cantu,
Quæ fugitiva ruit, prædam sine fine lacessunt ;
Mille suas postquàm tentavit nectere frustrà
Et miscere vias, gravis annis, cornua cervus

En suppose un plus jeune, et l'oblige, par force,
A présenter aux chiens une nouvelle amorce.
Que de raisonnements pour conserver ses jours !
Le retour sur ses pas, les malices, les tours,
Et le change, et cent stratagèmes
Dignes des plus grands chefs, digne d'un meilleur sort.
On le déchire après sa mort :
Ce sont tous ses honneurs suprêmes.

Quand la perdrix
Voit ses petits
En danger, et n'ayant qu'une plume nouvelle
Qui ne peut fuir encor, par les airs, le trépas,
Elle fait la blessée, et va traînant de l'aile,
Attirant le chasseur et le chien sur ses pas ;
Détourne le danger, sauve ainsi sa famille ;
Et puis, quand le chasseur croit que son chien la pille,
Elle lui dit adieu, prend sa volée, et rit
De l'homme qui, confus, des yeux en vain la suit.

Non loin du Nord, il est un monde
Où l'on sait que les habitants
Vivent, ainsi qu'aux premiers temps,
Dans une ignorance profonde.
Je parle des humains ; car, quant aux animaux,
Ils y construisent des travaux
Qui des torrents grossis arrêtent le ravage,
Et font communiquer l'un et l'autre rivage.

Fronte gerens bis quinque, subit tùm junior alter
Suppositusque vices jussas senis excipit ipse,
Alteriusque canes rapit irritamine prædæ..
Ut foret incolumis, quot res tamen ille peritâ
Egit mente sagax ! quoties vestigia torsit
Conscius, implicuitque vias ! Quâ callidus arte,
Miscuit ambages, stratagemata plurima, fato
Digna quidem meliore, ducum quos optimus usus
Vellet habere suos ! Post mortem mille cruentas
Cæditur in partes.... Hunc summum tollit honorem !

Perdix si qua suis pullis instare periclum
Sentit, et implumes non posse per aera mortem
Effugere, acceptum vulnus mentitur et alâ
Subsilit invalidâ, venatoremque canemque
Alliciens, arcet cladem et sua pignora servat.
Deinde canem prædâ cùm jam putat esse potitum
Venator, valedicit avis, fugiensque per auras,
Deridet cunctantem oculis, deridet hiantem.

Versùs hyperboreum mundi latet angulus orbem,
Gens ubi quædam habitat nullos exculta per usus,
Quales in prisco vivebant tempore gentes.
Humanâ de gente loquor ; nam cætera magno
Vastas hic moles animalia docta labore,
Quæ validis sistant effusos viribus amnes,
Ædificant : fluvii conjungitur utraque ripa

L'édifice résiste, et dure en son entier ;
Après un lit de bois est un lit de mortier.
Chaque castor agit : commune en est la tâche ;
Le vieux y fait marcher le jeune sans relâche ;
Maint maître d'œuvre y court, et tient haut le bâton.
La république de Platon
Ne serait rien que l'apprentie
De cette famille amphibie.
Ils savent en hiver élever leurs maisons.
Passent les étangs sur des ponts,
Fruit de leur art, savant ouvrage :
Et nos pareils ont beau le voir,
Jusqu'à présent tout leur savoir
Est de passer l'onde à la nage.
Que ces castors ne soient qu'un corps vide d'esprit,
Jamais on ne pourra m'obliger à le croire.
Mais voici beaucoup plus ; écoutez ce récit,
Que je tiens d'un roi plein de gloire.
Le défenseur du Nord vous sera mon garant.
Je vais citer un prince aimé de la Victoire :
Son nom seul est un mur à l'empire ottoman :
C'est le roi polonais. Jamais un roi ne ment.
Il dit donc que, sur sa frontière,
Des animaux entre eux ont guerre de tout temps :
Le sang qui se transmet des pères aux enfants
En renouvelle la matière.
Ces animaux, dit-il, sont germains du renard.
Jamais la guerre, avec tant d'art,

Ponte superjecto : fit moles lignea primùm,
Alternâque super tritâ vestitur arenâ.
Quisque suas castor partes agit ; omnibus idem
Est labor : ut jussêre senes, mora nulla, facessunt
Imperium juvenes ; hùc, illùc, advolat ardens
Dux operum, stimulatque pigros pœnamque minatur,
Quæ terras undasque colit gens illa, Platonis,
Arte suâ posset, non inferiora docendo,
Informâsse viros : brumali tempore tutas
Substruit ipsa domos sibi cauta, et pontibus undam
Trajicit impositis, quos summa industria doctum
Finxit opus ; tantique homines miracula facti
Cuncta licet videant, solùm novêre sagaces
Hactenùs objectos nando diffindere fluctus.
Tantos artifices rationis luce carere
Ut credam, nemo est qui me unquàm cogere possit ;
At multò majora super, precor, accipe dicta
Quæ retulit nobis proprio rex inclytus ore ;
Ille meus, scythicas gentes qui protegit armis,
Sponsor adest ; olli Victoria ridet amica ;
Ejus et auditum fortes, arx fortior, arcet
Ottomanos nomen ; sceptro regit ille Polonos.
Rex ait ipse mihi (reges non falsa loquuntur)
Ipsius in regni vicinis finibus esse,
Quæ belli assiduos, nunquàm satiata furores
Inter sese agitant, animalia ; sanguis avitus
Vivida bella vehit secum, rituque paterno,
Manat ad extremos odium gentile nepotes.

Ne s'est faite parmi les hommes,
Non, pas même au siècle où nous sommes.
Corps de garde avancés, vedettes, espions,
Embuscades, partis et mille inventions
D'une pernicieuse et maudite science,
Fille du Styx et mère des héros,
Exercent de ces animaux
Le bon sens et l'expérience.
Pour chanter leurs combats, l'Achéron nous devrait
Rendre Homère..... Ah! s'il le rendait
Et qu'il rendît aussi le rival d'Epicure,
Que dirait ce dernier sur ces exemples-ci?
Ce que j'ai déjà dit : Qu'aux bêtes, la nature
Peut, par les seuls ressorts, opérer tout ceci;
Que la mémoire est corporelle;
Et que pour en venir aux exemples divers
Que j'ai mis au jour dans ces vers,
L'animal n'a besoin que d'elle.
L'objet, lorsqu'il revient, va dans son magasin
Chercher, par le même chemin,
L'image auparavant tracée,
Qui, sur les mêmes pas, revient pareillement
Sans le secours de la pensée,
Causer un même événement.
Nous agissons tout autrement :
La volonté nous détermine,
Non l'objet, ni l'instinct. Je parle, je chemine :
Je sens en moi certain agent;

Est cognata feré vulpinæ gens ea : nostrâ
Non ætate quidem, bello solertiùs unquàm
Conflixêre homines : vigilum custodia, vallo
Præpositæ excubiæ, speculator callidus, arces,
Insidiæ, promptæque manus ad prælia, quidquid
Heroum genitrix, Orco sata, bellica finxit
Ars scelerata malis, nostris animalibus acre
Judicium exacuit doctosque informat ad usus.
O bené quàm nobis redivivus Homerus ab imo
Horum qui caneret pugnas, Acheronte rediret !
Si saltem ipse redux Epicuri surgeret ille
Æmulus, exemplis quid nostris diceret ?... Ipsum
Quod priùs edixi : Satis est, ut bestia tales
Res agat, organico sit quodam concita motu,
Corporis est meminisse, nec, ut tot bestia rerum
Efficiat nostro miracula prodita versu,
Ampliùs, illa nihil, præter meminisse, requirit.
Res objecta viam, simul ut redit, it per eamdem,
Sepositosque locos repetit, remeabilis undé
Jam concepta priùs revocari possit imago ;
Vertitur illa retrò docilis, nulloque juvante
Consilio, effectus iterat revocata priores.
Nobis longe alius modus est : nos quippe voluntas
Sola regit ; res ipsa nihil ; nihil efficit illa
Naturâ insita vis ; loquor, ambulo, conscius in me
Esse aliquid quod agat ; mea quatenus acta movetur

Tout obéit dans ma machine
A ce principe intelligent.
Il est distinct du corps, se conçoit nettement,
Se conçoit mieux que le corps même;
De tous nos mouvements c'est l'arbitre suprême.
Mais comment le corps l'entend-il?
C'est là le point. Je vois l'outil
Obéir à la main : mais la main, qui la guide?..
Eh! qui guide les cieux et leur course rapide?..
Quelque ange est attaché peut-être à ces grands corps.
Un esprit vit en nous et meut *tous* nos ressorts;
L'impression se fait : le moyen, je l'ignore;
On ne l'apprend qu'au sein de la Divinité;
Et s'il faut en parler avec sincérité,
Descartes l'ignorait encore.
Nous et lui, là-dessus, nous sommes tous égaux.
Ce que je sais, Iris, c'est qu'en ces animaux
Dont je viens de citer l'exemple
Cet esprit n'agit pas : l'homme seul est son temple.
Aussi faut-il donner à l'animal un point
Que la plante, après tout, n'a point!
Cependant la plante respire.
Mais que répondra-t-on à ce que je vais dire?..

Deux rats cherchaient leur vie : ils trouvèrent un œuf.
Le dîner suffisait à gens de cette espèce :
Il n'était pas besoin qu'ils trouvassent un bœuf.

Machina, subtilis sequitur præcepta magistri.
Olli corporeum nihil est : manifestior ipso
Corpore conceptu facilis patet ; hunc penès unum
Motûs arbitrium est. Sed quomodò corpus agentem
(Summa rei est) sequitur ? parent quæcumque jubente
Instrumenta manu : video, sed quis regit istam
Arbiter ipse manum ? nunc quis regit arbiter orbes
Præcipites cœli ?... Fortasse his tutor adhæret
Corporibus magnis suus Angelus ; insidet hospes
Spiritus in nobis, quo numine cuncta reguntur
Organa. Res impressa subit ; quas ista sequatur
Non discerno vias, neque perspiciam, nisi summo
Numinis in gremio. Quin, si mihi vera fatendum
Simpliciter, de re Cartesius hactenùs illâ
Noverat ipse nihil ; nos hoc super una virumque
Nox premit incertos. Plane tamen id mihi constat ;
Scilicet, Iri, meis celebrata animalia verbis
Spiritus interior nullus movet ; huic homo solus
Incolitur templum. Cunctis animalibus ergò
Est tribuendum aliquid quod non sibi denique planta
Vindicet : illa tamen vitali vescitur aurâ.
At quibus ista queant verbis nova verba refelli ?...

Escam quærebant mures duo : forte repertum
Invasêre ovum ; quibus hoc erat, haud ità magnis
Satque superque cibi, neque poscebatur edendus
Bos ab eis. Avido socius jàm lætus uterque

Pleins d'appetit et d'allégresse,
Ils allaient de leur œuf chacun manger sa part,
Quand un quidam parut : c'était maître renard.
Rencontre incommode et fâcheuse :
Car comment sauver l'œuf?... le bien empaqueter,
Puis des pieds de devant ensemble le porter,
Ou le rouler, ou le traîner :
C'était chose impossible autant que hasardeuse.
Nécessité l'ingénieuse
Leur fournit une invention.
Comme ils pouvaient gagner leur habitation,
L'écornifleur étant à demi-quart de lieue,
L'un se mit sur le dos, prit l'œuf entre ses bras ;
Puis, malgré quelques heurts et quelques mauvais pas,
L'autre le traîna par la queue.
Qu'on m'aille soutenir, après un tel récit,
Que les bêtes n'ont point d'esprit !
Pour moi, si j'en étais le maître,
Je leur en donnerais aussi bien qu'aux enfants.
Ceux-ci pensent-ils pas dès leurs plus jeunes ans?
Quelqu'un peut donc penser ne se pouvant connaître.
Par un exemple tout égal.
J'attribûrais à l'animal
Non point une raison selon notre manière,
Mais beaucoup plus aussi qu'un aveugle ressort :
Je subtiliserais un morceau de matière,
Que l'on ne pourrait plus concevoir sans effort,
Quintessence d'atôme, extrait de la lumière,

Dimidiam partem sibi tollere dente parabat...
Adfuit en quidam, minime conviva rogatus,
Importuna comes, vulpes scelerata. Miselli,
Heu ! quid agant ? ovo quî possint ferre salutem ?
Hoc bene fasciolis involvere, sicque ligatum
Ante auferre simul pedibus, pariterque trahentes
Aut vehere, aut socio versare volubile cursu....
Non erat in promptu dubii res plena laboris.
Ingenii inventrix, Angustia præbuit artem :
Quum sua mox possent attingere limina, centum
Nam passus jejuna aberat parasita, supinus
Mus ruit et geminis ovum complectitur ulnis ;
Perque viæ ambitus varios, per iniqua locorum,
Ægre alter socium caudâ trahit. Eia age, dicat
Nunc aliquis nobis animalia mente carere !
Quin et iis eadem, me judice, propria mens est
Quæ meritò est ipsi tribuenda infantibus... — Annon
Cogitat à primis puer unguibus ipse tenellis ?
Quilibet ergò, suî quanquam non conscius, intùs
Mentem aliquam tractare potest. Re fretus eadem,
Si non prorsùs eâ quâ nos animalia mente
Prædita crediderim, meliùs tamen illa moventur
Quàm cæco, reor, articulo... Volo materiei
Particulam, quæ sit paulò subtilior ; illam
Jam non concipias nisi magno, tantula ! nisu.
Sit prope nullum aliquid, germano lumine mixtum,

Je ne sais quoi plus vif et plus mobile encor
Que le feu ; car enfin, si le bois fait la flamme,
La flamme, en s'épuisant, peut-elle pas de l'âme
Nous donner quelque idée ? et sort-il pas de l'or
Des entrailles du plomb ? Je rendrais mon ouvrage
Capable de sentir, juger, rien davantage,
  Et juger imparfaitement,
Sans qu'un singe jamais fît le moindre argument.
  A l'égard de nous autres hommes,
Je ferais notre lot infiniment plus fort :
  Nous aurions un double trésor :
L'un, cette âme pareille en tous, tant que nous sommes,
  Sages, fous, enfants, idiots,
Hôtes de l'univers, sous le nom d'animaux ;
L'autre, encore une autre âme, entre nous et les anges
  Commune en un certain degré ;
  Et ce trésor, à part créé,
Suivrait, parmi les airs, les célestes phalanges ;
Entrerait dans un point sans en être pressé :
Ne finirait jamais, quoique ayant commencé.
  Choses réelles quoique étranges !
  Tant que l'enfance durerait,
Cette fille du ciel en nous ne paraîtrait
  Qu'une tendre et faible lumière ;
L'organe étant plus fort, la raison percerait
  Les ténèbres de la matière,
  Qui toujours envelopperait
  L'autre âme imparfaite et grossière.

Nescio quid, quo vividior neque mobilior sit
Flamma micans. Quid enim? ligno si prosilit ignis,
Nonne aliquam mentis cùm purior illa refulget,
Ferre potest speciem? Nonne aurum viscera plumbi
Ediderunt?.. Erit ista mihi pars prædita sensu
Judicioque; olli proprium nihil ampliùs addam:
Judicet, at male certa tamen, nec simius ullus
Proferat argumenti aliquid. Longe amplior adsit
Nostro pars generi : nobis sit copia duplex :
Altera, quæ nobis eadem foret omnibus una,
Scilicet idem *animus*, numero quotcumque, periti
Sive simus, stolidi infantes, ratione vel orbi,
Quotquot habet cives, animantûm nomine, mundus;
Altera et illa *animus* : ferme nos inter et ipsos
Cœlicolas commune bonum, quod haberet in alto
Æthere eos comites, privato semine natum.
Ingressum locus haud caperet; non adforet ullus
Finis ei, quamvis exordia prima fuissent.
Mira quidem, sed vera tamen! puerilia nobis
Tempora dùm maneant, cœlo delapsa superno,
Nos ea vix dubiâ fax pallida luce foveret;
Ut verò cerebrum crevisset viribus auctis,
Sub quibus assiduò rudis, imperfecta, lateret
Altera mens, Ratio terrenas pelleret umbras.

LA PYTHIE

PAR

JULES CANONGE

A MONSIEUR JULES CANONGE

Sole Nemausensis Phœbi servate sacerdos,
— Nempe alter longè, nec rediturus, abest —
Quas tuus ipse tulit mitto tibi fundus aristas;
Da veniam, fuerit si male compta seges.

LA PYTHIE

I

Pure comme l'azur que voilent tes rameaux,
O fontaine de Castalie,
Au pied de tes lauriers se baignait dans tes eaux
Une vierge de Thessalie.
Plus limpides, plus frais, tes flots avaient souri,
Quand, dénouant ses noires tresses,
Elle vint déposer sur le gazon fleuri
La blanche robe des prêtresses.
Mais, frémissant de crainte, oppressé de sanglots,
Palpitait de son sein le virginal albâtre ;
Et sa tremblante voix laissa tomber ces mots,
Plainte dont s'étonna la Dryade folâtre :
« Mes compagnes m'ont dit : « N'es-tu pas, comme nous,
Charmante et fortunée ?
Pourquoi donc repousser ce qu'offre de plus doux
L'humaine destinée ?

PYTHIA

I

Castali, cæruleo fons æthere purior, olim
Lauros ante tuas, illimi Thessala lymphâ
Virgo lavabatur. Nitido magis unda puellæ
Frigidior latice accipiens arriserat, illa
Nigros dùm solvens crines per colla sacerdos
Albam deposuit viridanti in gramine vestem.
Sed tremebunda metu, singultibus ilia pulsans
Cùm fremeret, niveum urgebat mens turbida pectus,
Hasque dedit voces quibus exagitata querelis
Obstupuit lasciva Dryas : « Dixere sodales :
« Nonne tibi et nobis eadem sunt fata decensque
Gratia formæ ?
Cur igitur quod habet nostra in se vita secundi
Longiùs arces ?

Oh ! pourquoi, toujours seule, errer dans les déserts
Et perdre ta jeunesse,
Inutile parfum prodigué dans les airs
Sans but et sans ivresse ?
Viens, du fils de Vénus le bois est plus riant
Que les âpres collines
Où ta marche se lasse, ou ton voile brillant
Se déchire aux épines ;
Ses fleurs ont un parfum, ses fruits une saveur
Que n'ont pas les astres nocturnes
Dont ton regard s'obstine à contempler, rêveur,
Les groupes taciturnes. »
Ainsi me conseillaient dans les champs paternels
Celles que le plaisir enchaîne à ses autels.
Et moi j'ai dit à mes compagnes :
« Si pour les sauvages déserts,
Je fuis les riantes campagnes,
C'est que leurs bois ont des concerts,
Leurs vastes plaines, des spectacles,
Leurs antres sombres, des oracles
Que votre esprit ne comprend pas ;
Car il a laissé sa lumière
S'envelopper d'ombre grossière
Dans les voluptés d'ici-bas !
Et, pour mes souffrances intimes,
Si je dédaigne vos plaisirs,
C'est qu'il en est de plus sublimes
Qu'ambitionnent mes désirs ;

Eheu! cur semper loca per deserta vagaris,
Solaque semper
Cur juvenes frustra disperdis inutilis annos?
Qualis inanis
Evanescit odor tenues quem prodiga fudit
Dextra per auras?
Hùc ades; arridet Veneris plus sylvula nati
Collibus aspris
Quò fers lassa pedes, ubi splendens horrida peplum,
Spina revellit;
Floribus hìc odor est, fragrant hic poma sapore
Qui fugit ista
Quæ tacito servas, per longa silentia noctis,
Sidera vultu. »
Hæc mihi festa cohors patriis suadebat in arvis
Lætarum comitum quas imperiosa voluptas
Ad se sola trahit. Sociis ego talia contrà :
« Linquentem si me ridentia prata videtis,
Desertosque locos si fugitiva sequor,
Nil mirum : hìc sylvis mihi blandior assonat echo,
Hic patet aspectu liberiore polus.
Antrorum hic fauces oracula sacra loquuntur
Quæ vestrum sane non capit ingenium,
Quippe quibus tristi mens obcæcata vapore
Sola voluptatum lumina perspiciat.
Nunc si me proprios solam nutrire dolores,
Et fugere aversam gaudia vestra juvat :
Scilicet, ô sociæ, bona sunt majora petenda
Ad quæ sponte feror, quæ mea vota vocant.

Les astres, fleurs de l'empirée,
N'ont pas les parfums que Borée
Disperse en jouant dans les airs ;
Mais, dans leurs routes éternelles,
Ils ont des splendeurs immortelles...
Oh ! puisse mon esprit, comme elles,
Eclairer un jour l'univers !... »
Et j'ai vu s'étonner mes compagnes railleuses
Et s'éloigner les chœurs de leurs danses rieuses.
Mais rien n'a pu vaincre ma foi ;
Quittant de mes forêts la retraite inconnue,
Confiante je suis venue,
O delphique Apollon ! me dévouer à toi.
Me voici demandant, suivant l'usage antique,
A ces flots le don prophétique :
Mais sur mon corps tremblant je les répands en vain ;
J'ai goûté, vainement, pour te rendre propice,
Du rameau de Daphné la feuille inspiratrice,
Je ne te sens pas dans mon sein !...
Oh ! ne fais point une agonie
Du jour que, triomphal, a rêvé mon génie !
Que les siècles futurs soient ouverts devant moi !
Car la plainte arrogante
Dont les Grecs poursuivraient ta prêtresse impuissante
Pourrait bien monter jusqu'à toi !

Queis polus ornatur, totidem quasi floribus, astris
Non est suavis odor quem vehat aura levis;
At spatia æterno lapsu dùm certa pererrant,
Immortalis eis undique splendor adest.
O utinam mea mens, divinæ lampadis instar,
Clarâ olim terras spargere luce queat!..
Et sociæ stupuêre meæ, et risêre loquentem,
Et procul in lætas simul aufugêre choreas.
Sed stat adhùc invicta fides, nemorumque recessus
Deserui, petiique tuas, o Delphice, lauros.
Nunc tua de prisco fugiens ad flumina ritu
Fatidicum hisce peto, fidens tibi, munus ab undis.
At sacra nequidquam trepidos fluit unda per artus;
Nequidquàm, bonus ut fieres, pia dente canoram
Daphnes tentavi frondem; mihi pectore toto
Totus abes! Quæ debuerat mihi ferre triumphos
Ah! precor, illa dies mihi ne ferat ultima mortem!
Ante oculos vatis jam sæcla futura patescant!
Nempe sacerdotis Graiûm gens ore maligno
Artem incusantes vanam si quando lacessent,
Forsan et illa tuum lædent convicia numen! »

II

L'autel avait reçu les dons et les prémices,
Le pavé ruisselait du sang des sacrifices;
Le temple était rempli d'une pieuse horreur,
Et la foule muette
Attendrait, inquiète,
Ce qu'allait annoncer la prêtresse en fureur.
Sur le gouffre divin la Pythie est assise,
Elle est pâle, abattue, et frémit, indécise...
Mais, soudain, son regard brille d'un noble feu;
Tout son être a crié : « Le Dieu! voici le Dieu!
Il m'agite, il m'obsède! il parle, et sa parole
N'est point l'écho frivole
Du présent, ni du souvenir;
Mais l'infaillible voix des siècles à venir! »
Longtemps, les bras crispés et la lèvre écumante,
Tremblante sous l'esprit qui dominait ses sens,
Chanta la Pythie éloquente,
Les prêtres attentifs recueillaient ses accents.
Le peuple s'éloigna joyeux; mais la Sybille,
Triste et lasse d'avoir lutté contre les cieux,
Dans le temple désert resta pâle, immobile;
Elle semblait dormir... Lorsqu'enfin des saints lieux
Le pontife au vulgaire eut interdit la porte,
De tout génie humain, symbole douloureux,
Sur le divin trépied on la souleva... morte.

II

Aræ primitias et munera sancta ferebant;
Jam pecudum undanti fumabat sanguine tellus;
Ædes implebat sacras pius horror et omnis
Turba exspectabat muto suspensa pavore
Quas missura foret voces afflata sacerdos.
Nec mora : divinum Phœbi super insidet antrum
Pythia; non suus est fronti color; anxia circùm
Fert oculos, dubitatque fremens... En clara repentè
Luminibus flamma emicuit; jam tota sonat vox :
« Ecce Deus, Deus ecce! movet me numine : pressam
Intùs agit vatem! loquitur, nec inania verbis
Aggrediens, lapsum tempus præsensve revolvit,
Carmine sed certo quæ sint ventura resignat. »
Illa diù contorta manus et spumea rictum,
Quæ simul attentâ servabant mente ministri
Dicta dedit facunda, Deo superante, sacerdos.
Lætum discessit vulgus; sed mœsta sibylla,
Fessa quòd adversùs Divos certasset, anhelans,
Pallida, fixa solo, desertâ mansit in æde;
Pressa videbatur somno... Cùm denique fani
Pontificis jussu plebi ostia clausa fuissent,
Nobilis ingenii in terris miseranda figura,
Non jam surrexit sacrâ de sede... jacebat!

LE

RHIN ALLEMAND

PAR

ALFRED DE MUSSET

À MONSIEUR REVILLOUT

Professeur à la Faculté des Lettres de Montpellier.

Hæc tibi cùm docilis promisi carmina, nobis
    Tunc arridebant Mars et Apollo simul ;
Nunc Mars heu ! noster quantùm mutatus ab illo !
    Nunc ubinam mœrens noster Apollo latet ?

LE RHIN ALLEMAND

Nous l'avons eu, votre Rhin allemand.
Il a tenu dans notre verre.
Un couplet qu'on s'en va chantant
Efface-t-il la trace altière
Du pied de nos chevaux, marqué dans votre sang?

Nous l'avons eu, votre Rhin allemand,
Son sein porte une plaie ouverte,
Du jour où Condé triomphant
A déchiré sa robe verte.
Où le père a passé, passera bien l'enfant.

Nous l'avons eu, votre Rhin allemand.
Que faisaient vos vertus germaines,
Quand notre César tout puissant
De son ombre couvrait vos plaines?
Où donc est-il tombé ce dernier ossement?

RHENUS GERMANICUS

Noster et ille fuit tuus, ô Germania, Rhenus.
Hunc scyphus inclusit noster. Quòd carmina cantas,
Non ideò labes hæ diffugêre cruentæ,
Quum pede noster eques te proculcaret ovanti.

Noster et ille fuit tuus, ô Germania, Rhenus.
Vulnus ei in gremium magno descendit hiatu,
Cùm Condæus ovans viridem perrupit amictum.
Quà fixêre patres, figent vestigia nati.

Noster et ille fuit tuus, ô Germania, Rhenus.
Virtutes Germanæ ubi erant, cùm Cæsaris ingens
Umbra tuis nostri latè regnabat in arvis?
Nunc ubi, dic, prostata jacent illa ossa suprema?

Nous l'avons eu, votre Rhin allemand.
Si vous oubliez votre histoire,
Vos jeunes filles, sûrement,
Ont mieux gardé notre mémoire;
Elles nous ont versé votre petit vin blanc.

S'il est à vous, votre Rhin allemand,
Lavez-y donc votre livrée;
Mais parlez-en moins fièrement.
Combien, au jour de la curée,
Etiez-vous de corbeaux contre l'aigle expirant?

Qu'il coule en paix, votre Rhin allemand :
Que vos cathédrales gothiques
S'y reflètent modestement :
Mais craignez que vos airs bachiques
Ne réveillent les morts de leur repos sanglant.

Noster et ille fuit tuus, ô Germania, Rhenus.
Temporis elapsi, rerum immemor esto tuarum :
At meliore tuæ servant nos mente puellæ,
Quippe ministrârunt tua nobis albida vina.

Si proprius tuus est amnis, Germania, Rhenus.
Te servam unda lavet ; voces nunc mitte superbas.
Quot numero, vobis jacuit cùm præda voranda,
Cædem Aquilæ, Corvi, consurrexistis in unam ?

Ah ! tuus absque sono fluat, ô Germania, Rhenus !
Templorum reddat faciem, sed in amne modesto :
Nam cave ne quondam, bacchæis cantibus acti,
Fortè cruentato surgant de pulvere manes !

LA VACCINE

PAR

SOUMET

ÉPISODE

A MONSIEUR J. BENOIT

Professeur à l'Ecole de Médecine de Montpellier.

Prorueram supplex Epidauri ægrotus ad aras :
Convalui ; hoc certè, Doctor amice, tuum est.
Nunc quoniam sana est mihi mens in corpore sano,
Has pendit grates Musa latina tibi.

LA VACCINE

ÉPISODE

C'était l'heure où, lassé des longs travaux du jour,
Le laboureur revoit son rustique séjour.
Je visitai des morts la couche triste et sainte ;
Une femme apparut vers la funèbre enceinte,
Et, d'un enfant suivie, avec l'ombre du soir,
Sous un jeune cyprès lentement vint s'asseoir.
Parmi les hauts gazons s'élevaient sans culture
Quelques sombres pavots, fleurs de la sépulture ;
Son fils, pour les cueillir, un moment s'éloigna :
A toute sa douleur elle s'abandonna ;
Mes pleurs interrogeaient sa tristesse mortelle :
« Mon époux n'était plus, j'avais deux fils, dit-elle ;
» L'un d'eux, mon jeune Edgard, était le plus chéri ;
» C'était mon premier-né, mon lait l'avait nourri ;
» Plus souvent que son frère il cherchait mes caresses ;
» Mais Dieu punit toujours d'inégales tendresses ;
» Le fléau destructeur, aux mères si fatal,
» S'étendit par degrés sur le hameau natal ;

DE VACCINATIONE

NARRATIUNCULA

Tempore quo fessus post tædia longa laborum
Linquit arator agros et rustica tecta revisit,
Funebres adii campos ubi corpora vitâ
Functa jacent. En per tumulos, per vesperis umbram
Femina processit lentè, viridisque cupressi
Ad juvenem truncum, puero comitante, resedit.
Surgebant nullo, densa inter gramina, cultu,
Manibus addicti, taciturna papavera, flores;
Quæ puer ut legeret, paulisper matre relictâ,
Cesserat. Illa suo indulsit sine more dolori.
Tunc ego flens : « Quæ causa mali, dic, ô bona » ! — [Conjux »
« Occiderat : pueri duo, spes mea sola, manebant.
» Edgardus mihi natus erat prior : hunc ego grandem,
» Lacte meo, ingenti totum amplectebar amore.
» Sæpius ac frater latitabat matris in ulnis.
» At Deus affectus semper castigat iniquos.
» Matribus exitiale malum, teterrima pestis,
» Natalem pagum sensim est populata : recentis

» Chaque mère implora le secours salutaire
» D'un art encor nouveau, présent de l'Angleterre ;
» Le second de mes fils lui-même y fut soumis;
» Prête à livrer Edgard, j'hésitai, je frémis.
» Contre un fer douloureux, sa frayeur indocile
» Dans les bras de sa mère implorait un asile :
» J'osai l'y recevoir; j'oubliai ma raison ;
» Je l'offris sans défense au funeste poison.
» Edgard en respira la vapeur meurtrière ;
» Chaque élan de mon cœur était une prière ;
» Je le voyais souffrir, languir sur mes genoux,
» Et mon plus jeune fils jouait auprès de nous.
» Chaque jour, chaque instant redoublait mes alarmes,
» Je pleurais... Mon Edgard ne voyait point mes larmes ;
» Déjà le mal impur, sur ses yeux arrêté,
» Cachait à ses regards sa mère et la clarté ;
» Il mourut... et voilà sa pierre funéraire.
» Ce cyprès est le sien, cet enfant est son frère.
» Nous venons tous les soirs lui porter nos douleurs ;
» Nous regardons le ciel et nous versons des pleurs.
» Toi, mon dernier enfant, souffre ma plainte amère ;
» Le ciel n'enferme pas tout l'amour de ta mère :
» A vivre loin d'Edgard, je puis m'accoutumer ;
» Près du cercueil d'Edgard, je puis encore aimer. »
Elle se tait... L'enfant la suit dans les ténèbres ;
Mais on dit que bientôt, sur les gazons funèbres,
Il revint pleurer seul, hélas ! et que ses pas
Vers le tombeau d'Edgard ne se dirigeaient pas.

» Quæque parens artis, quam repperit Anglia, summam
» Imploravit opem. Quæsiverat inde salutem
» Posterior natus ; sed quum tradendus et alter
» Ipse fuit medico, me mens fremebunda paventem
» Destituit. Trepidans ille inter brachia matris
» Præsidium adversùs ferrum crudele petebat.
» Hunc gremio suscepi amens, nec jam mea, eumque
» Objeci imprudens in vulnera pestis inermem !
» Heu ! meus Edgardus lethales combibit auras !
» Tunc trepidâ quot mente preces, quot vota ruebant !
» Ille meo in gremio, morti jam præda, dolebat
» Languidus..... Et juxta ludebat parvulus alter !
» Quæque dies, quæque hora pios in corde timores
» Augebat ; flentem non me miser ille videbat ;
» Lux etenim materque aberant. Suffusa tenebris
» Olli fœda lues oculos implêrat obortis.
» Interiit..... Nunc funereus lapis iste sepultum
» Indicat. Inclusum sua stat super umbra cupressi ;
» Hic puer est ejus frater..... Nunc, cernis ut ipse,
» Huc venimus, quoties sol occidit, ambo ferentes
» Mœstitiam ingentem, lacrymisque rigantibus ora,
» Suspicimus cœlum ! Nunc tu, spes unica matris,
» Da veniam, si tanta queror ! tua quidquid amoris
» Mater habet cœlum haud retinet : licet hinc meus absit
» Edgardus, vitalis adhuc tolerabilis usu
» Spiritus esse potest, nec mortuus invidet ille
» Quin et amem viventem alium ! » Silet illa... per umbram
Alter eam sequitur ; sed mox funebria solum,
Heu ! rediisse ferunt per gramina !... flebat, ut ante ;
Sed non Edgardi tumulum miser ille petebat !

BEETHOVEN

PAR

A. DETHOU

A MONSIEUR DETHOU

Avocat, musicien, poète et traducteur de Virgile.

O tu Romulidum Musis addicte poeta,
Gallica quo recinit verba canente Maro,
Quos mea musa tuos tibi sumpsit, amice, benigni
Versibus his pateat pectoris hospitium!

BEETHOVEN

Beethoven ! Beethoven ! mon âme épanouie
Se prosterne devant ton grand nom radieux,
Comme, au matin, frémit et s'abaisse, éblouie,
Ma paupière devant l'astre éclatant des cieux.

Tu disais de Handel, en sa gloire suprême :
« C'est un géant assis dans l'or et la splendeur ! »
Et toi, maître puissant, dis, qu'es-tu donc toi-même?
Quel nom faut-il donner à ta fière grandeur?

Tu descends, Beethoven, de ces fils de la Terre,
En lutte avec les dieux, forts comme les Autans :
Dans ta veine a coulé le sang héréditaire
Des colosses hardis qu'on nommait les Titans.

Oui, ton sublime aïeul, héroïque origine,
Fut ce Titan fameux qui ravit de ses mains
Au ciel le feu sacré, l'étincelle divine
Transmise incessamment d'âge en âge aux humains.

BEETHOVEN

Insolito mihi mens, Beethoven, concita motu,
Grande tuum, irradians quasi lumine, nomen adorat;
Ceu matutinâ cùm cœlum lampade Phœbus
Collustrat, palpebra fremens et cæca resedit.

Handelium ipse ferens ad sidera laudibus : « Ille,
Splendenti, aiebas, Titan sedet altus in auro ! »
Nunc quid de te igitur, dic, artis summe magister?
Nunc quo grandiloquum te nomine Musa salutet?

Terrigenis sanè es, Beethoven, ortus ab illis,
Qui petière deos, æquales viribus Austris;
Et Titaniacos effundens pectore sensus
Magna giganteo tibi turget sanguine vena.

Ille atavus sanè tuus est, heroïca proles,
Famosus Titan, sacrum qui fortiter ignem
Eripuit cœlo ipse manu, quod, tempus in omne,
Immortale ab avis jubar accepêre nepotes.

Prométhée, expiant son audace vaillante,
Fut cloué sur un roc par le Destin cruel ;
Un vautour, habitant sa poitrine sanglante,
Plongeait un bec avide en son foie immortel (1).

Telle est la récompense en tout temps accordée
Au génie inventeur, ce grand déshérité,
Qui, faisant rayonner quelque nouvelle idée,
De trésors inconnus dote l'humanité.

Ton âme expia donc, ô nouveau Prométhée !
Le feu, le feu divin qu'elle ravit au ciel ;
Combien elle a souffert, sans trêve tourmentée
Par l'ongle du chagrin, ce vautour éternel !

Un malheur assombrit surtout ton existence :
Pendant que tes accords enivraient l'univers,
Ton oreille, à jamais condamnée au silence,
Seule, n'entendait pas tes merveilleux concerts.

Oui, le Sort te gardait cette amère ironie
Qui souvent t'inspira le désir du trépas :
Tes mains faisaient couler des fleuves d'harmonie;
Tous s'y désaltéraient, toi, tu n'y buvais pas (2) !

(1) *Immortale jecur...*

VIRGILE, *En.*, VI. 598.

(2) « Quand, en dépit des motifs qui m'éloignaient de la société, je m'y laissais entraîner, à quel chagrin je m'exposais lors-

Ob tantos ausus pœnas dedit ille : Prometheus
A Fato immiti scopulo est affixus acuto ;
Et super incumbens, laniati pectoris hospes,
Huic rediviva truci morsu quatit ilia vultur.

Hoc pretii Ingenium semper tulit : invida torquet
Pestis adacta virum, loca qui non trita secutus,
Magnum aliquid finxit, secretos eruit ignes,
Et vasto humanam perrupit lumine noctem.

Ergo dedit pœnas animo novus ille Prometheus,
Quod sua subripuit cœlo sacra semina flammæ ;
Olli, alter vultur, cruciatu lenta perenni,
Unguibus et rostro discerpsit pectora Mœror !

Una tibi ante alias, Beethoven, aspera luctum
Adduxit clades : tua dum modulamina mundus
Combiberet, tibi, quam fatum præcluserat, auris,
Sola tui cantûs non percipiebat honores.

Siccine delusum te sors irrisit amara,
Ut te sæpe tuæ caperent fastidia vitæ !
Nam tua dum latices manus exquisita canoros
Funderet, et biberent cuncti, non ipse bibebas !

L'an passé, quand sonna ton premier centenaire,
Notre voix qui voulait te chanter notre amour,
Dut se taire devant les éclats du tonnerre
Qui partait du ciel même où tu reçus le jour.

Cette année, oubliant les heures de souffrance,
Nous te fêtons, ô toi, fils d'un peuple ennemi !
Que dis-je ? ta patrie est le monde, et la France
En toi salue, admire un génie, un ami.

Marseille, 17 *décembre* 1871.

que quelqu'un, se trouvant auprès de moi, entendait de loin une flûte et que je n'entendais rien, ou qu'il entendait chanter un pâtre et que je n'entendais encore rien ! J'en ressentais un désespoir si violent, que peu s'en fallait que je ne misse fin à ma vie. »

(*Lettre de Beethoven.*)

Jamque a morte tuâ, centesimus, huic prior, annus
Fluxerat, et nobis proprium tibi dicere amorem
Mens fuit ; at delapsa tuo tunc bellica cœlo
Infandum ! nostras rupêre tonitrua voces.

Nunc nostra obliti quæ sint mala, nunc tibi, quanquam
Hostili de gente sato, pia festa dicamus ;
Sed quid ego ?... En totus civem te vindicat orbis,
Miratrixque suum te Gallia amica salutat.

LE

SONGE D'ATHALIE

A MONSIEUR DUVAL

Proviseur du Lycée de Montpellier.

Ille ego qui tecum stipendia docta Minervæ
Assiduâ feci junctus amicitiâ,
Nunc etiam lætus tibi plaudo magna sequenti;
Tu rude donati militis esto memor!

LE SONGE D'ATHALIE

ATHALIE.

. . . .

C'était pendant l'horreur d'une profonde nuit;
Ma mère Jézabel devant moi s'est montrée,
Comme au jour de sa mort, pompeusement parée :
Ses malheurs n'avaient point abattu sa fierté;
Même elle avait encor cet éclat emprunté
Dont elle eut soin de peindre et d'orner son visage,
Pour réparer des ans l'irréparable outrage :
« Tremble, m'a-t-elle dit, fille digne de moi;
» Le cruel Dieu des Juifs l'emporte aussi sur toi.
» Je te plains de tomber dans ses mains redoutables,
» Ma fille. » En achevant ces mots épouvantables,
Son ombre vers mon lit a paru se baisser;
Et moi je lui tendais les mains pour l'embrasser :
Mais je n'ai plus trouvé qu'un horrible mélange
D'os et de chair meurtris et traînés dans la fange,
Des lambeaux pleins de sang et des membres affreux
Que des chiens dévorants se disputaient entre eux.

ATHALIÆ SOMNIUM

ATHALIA.

Nox latè horrentes spargebat densa tenebras :
Jezabel mater mihi se obtulit ; illa superbos
Quos habuit moriens retinebat mortua cultus.
Fronte ferox, invicta malis ; quin ore colores
Servabat mentita suos quibus ipsa dolosis
Sedula fucatos vultus ornare solebat,
Si reparanda foret nunquam reparabilis ætas.
« Nata, tremisce, inquit, me non indigna parente.
» Te Judæorum sævus Deus opprimit : ipsam
» Te vincit melior ; te in numinis hasce tremendas
» Devenisse manus doleo, mea filia ! « Voces
Horrendas vix finierat, quum prona repentè
Umbra super nostrum visa incubuisse cubile.
Brachia protendens ego in oscula prona ruebam.
At nihil arripui, nisi mixtas sanguine carnes,
Ossaque trita, luto passim raptata, cruentam
Colluviem, laceros artus, horrentia frusta,
Quæ certatim avido captabant ore molossi.

ABNER.

Grand Dieu !

ATHALIE.

Dans ce désordre, à mes yeux se présente
Un jeune enfant couvert d'une robe éclatante,
Tel qu'on voit des Hébreux les prêtres revêtus.
Sa vue a ranimé mes esprits abattus :
Mais lorsque, revenant de mon trouble funeste,
J'admirais sa douceur, son air noble et modeste,
J'ai senti tout à coup un homicide acier
Que le traître en mon sein a plongé tout entier.
De tant d'objets divers le bizarre assemblage
Peut-être du hasard vous paraît un ouvrage.
Moi-même, quelque temps, honteuse de ma peur,
Je l'ai pris pour l'effet d'une sombre vapeur.
Mais de ce souvenir mon âme possédée
A deux fois en dormant revu la même idée.
Deux fois mes tristes yeux se sont vu retracer
Ce même enfant toujours tout prêt à me percer.

. . . .

(*Athalie*, Racine, acte II, scène V.)

ABNER.

Summe Deus!

ATHALIA.

Dum sic visu turbata ferebar,
Adstitit ecce puer fulgenti cinctus amictu,
Quales ire solent Judæo more ministri.
Hujus ad adspectum mihi mens firmata recurrit :
Ut verò in sensus, iterum mea facta, redibam,
Et blandos pueri vultus frontemque modestam
Mirabar, subitò media inter viscera sensi
Quem mihi letiferum sub pectore condidit ensem.
Forsitan hæc vario rerum confusa tumultu,
Fortuito casu vobis glomerata videntur.
Ipsa metus exosa meos, hæc omnia primùm
Turbida credideram vanæ deliria mentis.
Visa sed effigies manet alta mente reposta,
Bisque mihi in somnis eadem importuna recurrit;
Bis puerum conspexi oculis, miserabile visu!
Vulnera sæva mihi stricto mucrone parantem.

SOUPIR

PAR

J. REBOUL

A MONSIEUR L'ABBÉ A. DE CABRIÈRES

Vicaire-général du diocèse de Nîmes.

Quàm veram pius ingenuo rem carmine vates
Ediderit, verè tempora nostra probant :
Quandoquidem tanto miscetur terra tumultu,
Ecquid enim cœlo tutius esse putem?...

SOUPIR

Tout n'est qu'images fugitives ;
Coupe d'amertume ou de miel,
Chansons joyeuses ou plaintives
Abusent des lèvres fictives :
Il n'est rien de vrai que le ciel.

Tout soleil naît, s'élève et tombe ;
Tout trône est artificiel ;
La plus haute gloire succombe ;
Tout s'épanouit pour la tombe,
Et rien n'est brillant que le ciel.

Navigateur d'un jour d'orage,
Jouet des vagues, le mortel,
Répoussé de chaque rivage,
Ne voit qu'écueils sur son passage ;
Et rien n'est calme que le ciel.

SUSPIRIUM

Quidquid inest terris fugitiva movetur imago ;
    Felle aut melle suo pocula mixta nocent ;
Sint queruli aut hilares, cantus labra credula fallunt ;
    Nil cœlesti aliud verius arce patet.

Vix ortus, sol quisque cadit ; solium omne superbæ
    Vanum est artis opus ; gloria summa perit ;
Omnia resplendent nocti jam debita præda ;
    Nil cœlesti aliud clarius arce nitet.

Ludibrium pelagi, vento jactatur et undis,
    Turbine vexatum qui mare nauta secat ;
Cingitur, heu ! scopulis homo littore pulsus ab omni ;
    Nil cœlesti aliud tutius arce silet !

L'ANNIVERSAIRE

DE

PIERRE CORNEILLE

Extrait des Emaux et Camées

PAR

THÉOPHILE GAUTHIER

A MONSIEUR GERMAIN

Doyen de la Faculté des Lettres de Montpellier.

Docte Decane, soles qui me sermone benigno
    Excipere, et blandis fingere colloquiis,
Ne tibi sordescant hæc carmina, sit mea quamvis
    Musa senex, quamvis arida facta situ!

L'ANNIVERSAIRE

DE PIERRE CORNEILLE

Par une rue étroite au cœur du vieux Paris,
Au milieu des passants, du tumulte et des cris,
La tête dans le ciel et le pied dans la fange,
Cheminait à pas lents une figure étrange.
C'était un grand vieillard sévèrement drapé ;
Noble et sainte misère en son manteau râpé ;
Son œil d'aigle, son front argenté vers les tempes
Rappelaient les fiertés des plus mâles estampes,
Et l'on eût dit, à voir ce masque souverain,
Une médaille antique à frapper en airain.
Chaque pli de sa joue austèrement creusée
Semblait continuer un sillon de pensée,
Et dans son regard noir qu'éteint un sombre ennui
On sentait que l'éclair autrefois avait lui.
Le vieillard s'arrêta sous une pauvre échoppe.
Le Roi-soleil alors illuminait l'Europe;

IN HONOREM

P. CORNELII NATALIS

Quà pandit medios antiqua Lutetia vicos
Arcta via est, hominum clamoso plena tumultu.
Hic cœnum calcans, at vertice sidera tangens,
Mira viri facies tranquillis passibus ibat.
Arduus ille senex, et trito cinctus amictu,
Et paupertatis præ se ostentabat honores.
Olli aquilina acies et frons argentea circùm
Tempora, quidquid habet fortis sculptura virile
Spirabant, regale decus, quin esse putâsses,
Tanta figura viri ! incusum vetus ære nomisma.
Huic animus, mentis quasi sulco innixus arator,
Impiger, usque genas rugis fodiebat obortis,
Et dùm nigrantes oculos obscura pererrant
Tædia, adhuc rutilant nativæ fulgura flammæ.
Sutoris senior jam pauperis ante tabernam
Constitit : Europam Rex-sol tunc temporis ibat,

Et les peuples baissaient leurs regards éblouis
Devant cet Apollon qui s'appelait Louis.
A le chanter, Boileau passait ses doctes veilles.
Pour le loger, Mansard entassait les merveilles.
Cependant en un bouge, auprès d'un savetier,
Pied nus, le grand Corneille attendait son soulier.
Sur la poussière d'or de sa terre bénie,
Homère, sans chaussure, aux chemins d'Ionie,
Pouvait marcher jadis avec l'antiquité,
Beau comme un marbre grec par Phidias sculpté.
Mais Homère, à Paris, sans crainte du scandale,
Un jour de pluie eût fait recoudre sa sandale.
Ainsi faisait l'auteur d'*Horace* et de *Cinna*,
Celui que, de ses mains, la muse couronna,
Le fier dessinateur, Michel-Ange du drame
Qui peignit les Romains si grands d'après son âme.
O pauvreté sublime, ô sacré dénûment,
Par ce cœur héroïque accepté simplement !
Louis, ce vil détail que le bon goût dédaigne,
Ce soulier recousu me gâte tout ton règne.
A ton siècle en perruque et de luxe amoureux,
Je ne pardonne pas Corneille malheureux.
Ton dais fleurdelysé cache mal cette échoppe.
De la pourpre où ton faste à grands plis s'enveloppe,
Je voudrais prendre un pan pour Corneille vieilli,
S'éteignant pauvre et seul dans l'ombre et dans l'oubli.
Sur le rayonnement de toute ton histoire,
Sur l'or de tes soleils, c'est une tache noire,

Irradians, gentesque oculis vix ferre valebant
Quod jubar hic Lodoix dictus fundebat Apollo.
Doctus eum ut caneret nocturno sæpe sopore
Bollœus caruit ; Mansardus regia tecta
Struxit ei miranda manu ; tamen hic pede nudo,
Sutrinam ante casam, vates Cornelius ingens
Dùm repararetur sibi calceus exspectabat !
Pulvere in aurifero quondam telluris amicæ,
Ioniæ, per agros veteres vetus ipse viator,
Phidiacæ artis opus, Pario de marmore signum,
Ire viam poterat, pede nudo, grandis Homerus.
Ille parisiacâ sit Homerus civis in urbe :
Per pluviam, nil turpe putans, feret ipse suendum
Sandalium... sic ille tulit qui, Cinna et Horati,
Vos cecinit, cui Melpomene capiti ipsa coronam
Imposuit, Michael qui dramatis Angelus alter,
Romulidas tantos proprio de pectore finxit.
O sacra pauperies, rerum ô sublimis egestas !
Vos quàm simpliciter magnâ vir mente recepit !
O Lodoix, hoc vile aliquid quod subtile temnit
Judicium, ille mihi vitiat tua regna refectus
Calceus , atque tuos inter, cervice superbos
Artifici, fastûsque avidos, Cornelius angit
Me miser ! illa tuum quæ texunt lilia velum
Hanc casulam malè dissimulant, rex splendide, quum tu
Purpureâ vestis circumfluis undique pompâ.
Ah! sine vel pannum inde habeat Cornelius unum
Jàm senior, qui solus, inops, exstinguitur omnis

O roi, d'avoir laissé, toi qu'ils ont peint si beau,
Corneille sans souliers, Molière sans tombeau!
Mais pourquoi s'indigner? Que viennent les années,
L'équilibre se fait entre ces destinées;
A sa place chacun est remis par la mort :
Le roi rentre dans l'ombre, et le poète en sort!
Pour courtisans, Versaille a gardé ses statues;
Les adulations et les eaux se sont tues;
Versaille est la Palmyre où dort la royauté.
Qui des deux survivra, génie ou majesté?
L'aube monte pour l'un, le soir descend sur l'autre.
Le spectre de Louis, aux jardins de Le Nôtre
Erre seul, et Corneille, éternel comme un Dieu,
Toujours sur son autel voit reluire le feu
Que font briller plus vif, en ses fêtes natales,
Les générations, immortelles vestales!
Quand en poudre est tombé le diadème d'or,
Son vivace laurier pousse et verdit encor;
Dans la postérité, perspective inconnue,
Le poète grandit et le roi diminue.

Théophile Gautier.

Indigus auxilii! Tua regia pallet imago,
O Lodoix, tuus inficitur sol aureus, ex quo,
Principe te, quem sic formosum pinxit uterque,
Sandaliis caruit Cornelius atque sepulcro
Molerius! sed vana queror : volventibus annis
Æquabili inter se librantur pondere fata.
In proprium mors quemque locum inviolanda reponit;
Rex tenebras repetit, vates assurgit ad auras!
Nunc ubi sunt Proceres? sua tantùm signa supersunt
Versaliis ; liquidi fontes tacuêre; silescit
Unda salutantûm ; regalia busta, quiescunt
Versaliæ et Palmyra soror! nunc utra superstes
Laus erit, ingeniine an sceptri? surget in unum
Lux oriens, nox alterius descendit in ora.
Quos Noster scripsit, Lodoix spatiatur in hortis
Spectrum solivagum ; at durando sæcula vincens,
Ut deus, usque suas servat Cornelius aras,
Ejus ubi renovant festa in natalia flammam
Ætates hominum, Vestali more perennes!
Nunc pulvis jacet auratum diadema; sed almos
Servat adhùc semper florescens laurus honores,
Et quà Posteritas ignotum prospicit ævum,
Vates fit major, decrescunt tempore Reges.

LA

VIE HARMONIEUSE

PAR

M. EMMANUEL DES ESSARTS

A MONSIEUR DES ESSARTS

Professeur de rhétorique au Lycée de Nimes.

Territus obstupui tantoque labore refugi,
Ut primùm accepi carmen, Amice, tuum ;
Rem tamen aggressus, veniam peto, si meus infrâ
Spem fortasse tuam vanus Apollo jacet.

LA VIE HARMONIEUSE

Jadis j'aurais vécu dans les cités antiques,
Svelte comme un héros, plus libre qu'un vainqueur,
Et tous mes jours, pareils aux visions plastiques,
Se fussent déroulés lentement comme un chœur.

Oui! j'aurais promené sur la nature altière
Les regards enivrés et calmes d'un païen
Qui sent les âmes sœurs frémir dans la matière,
Ne se croit jamais seul et sait que tout est bien;

Et qui, dans tous les bruits de la feuille ou de l'onde,
Dans toutes les clartés du ciel mélodieux,
Dans les tressaillements mystérieux du monde,
Devine autour de lui le grand peuple des dieux;

Puis j'aurais contemplé l'avenir et la vie
Sur le blanc piédestal de la sérénité,
Sans élan surhumain, sans excessive envie,
Heureux d'un idéal visible et limité.

DE VITA BENE COMPOSITA

Antiquâ antiquus vixissem civis in urbe,
Liberior victore, heros ad maxima promptus;
Totaque vita suo, species quasi plastica, lapsu,
More chori veteris, circùm mihi lenta rotâsset.

Lumina naturæ fastus per mille superbos
Ebria, fixa tamen, Gentilis more tulissem,
Qui sub mole rudi germanas frendere mentes
Sentit, et usque frequens secum, putat optima quæque;

Qui sonitu e cuncto, seu frons, seu murmuret unda,
Cunctâ e luce, poli dùm circumfunditur ignis,
Quæ res cùmque fremat vaga per mysteria mundi,
In magno cœtu se conjicit esse Deorum.

Vitæ deinde vices, et quâ ventura trahantur,
Despexissem, habitans *sapientûm templa serena;*
Nil plus quàm mortale sequens, vix invidus; intrà
Fines quosdam aliquid perfectum cernere lætus!

J'eusse borné mes vœux et mesuré mon rêve
Au soleil fugitif, au mois, à la saison,
A tout ce qui se voit, à tout ce qui s'achève,
Aux contours arrêtés d'un petit horizon.

J'eusse été citoyen de quelque république,
Songe de Pythagore, œuvre d'un Dorien,
Harmonieux état réglé par la Musique,
Où la Loi se conforme au Rhythme aérien.

Là, dans un agora, j'aurais, avec paresse,
Joui nonchalamment des poses et des sons
De ces beaux orateurs dont la phrase caresse
L'oreille inattentive aux sévères leçons;

Et devant la tribune, étendu sur le stade,
J'aurais senti descendre à moi, sous un ciel clair,
Le flot sonore et pur qu'épanche Alcibiade,
Et monter le murmure éloquent de la mer.

O la vie amoureuse, élégante et facile!
Du lierre sur le front, des myrtes dans les mains!
Des jardins embaumés où le sage s'exile,
Et l'accueil de la flûte au détour des chemins.

Ainsi, franc de remords, ignorant de la plainte,
De mon droit au bonheur aisément convaincu,
Un jour je serais mort sans regret et sans crainte,
Harmonieusement, comme j'aurais vécu.

Haud nimia optâssem; non exspatiata ruissent
Vota mea ulteriùs quàm solis cursus in annum
Describit menses et tempora; cuncta revelans,
Cunctave perficiens, Mundus meus ille fuisset.

Immuni regum vixissem liber in urbe,
Quam sua Pythagoræ monstrâssent somnia, quamve
Doricum opus, numeris aptè concordibus actam,
Aerio quodam mulsissent carmine leges.

Hic ego sæpe fori, mea lenta per otia, mollis
Auditor, cujusque viri gestusque sonosque
Captâssem, indociles monitus dùm ferre severos
Aures rhetorici caperent dulcedine cantus.

Hic ad rostra sedens, stadiove reclinis, in imum
Pectus, ab ore tuo, magni pupille Periclis,
Aera per liquidum, latices manare canoros,
Grandiloquumque maris sensissem crescere murmur!

O nitidum facilis vitæ decus inter amores!
Ah! date fronti hederam, teneat manus utraque myrtos!
Exsilium sophiæ, fragrans mihi rideat hortus,
Perque viæ flexus me tibia læta salutet!...

Sic animo placidus, questu sic purus ab omni,
Et facilè Elysios sperans, quia dignus, honores,
Præteriti nil respiciens, interritus, olim
Compositè, vitæ concorditer, expirâssem!

LES

TOMBEAUX AÉRIENS

Extrait de l'Imagination

PAR

DELILLE

—

IMITATION.

A MONSIEUR MONDOT

Professeur à la faculté des lettres de Montpellier.

Partem opere in nostro, tardam licet, alme magister,
Ne dedigneris, te precor, accipere :
Lenta quidem cursu, sed candidiora probantur
Quæ verba ex imo pectore proveniunt.

LES TOMBEAUX AÉRIENS

Dirai-je des Natchez la tristesse touchante ?
Combien de leur douleur l'heureux instinct m'enchante !
Là, d'un fils qui n'est plus la tendre mère en deuil
A des rameaux voisins vient pendre le cercueil.
Eh ! quel soin pouvait mieux consoler sa jeune ombre ?
Au lieu d'être enfermé dans la demeure sombre,
Suspendu sur la terre et regardant les cieux,
Quoique mort des vivants il attire les yeux.
Là, souvent sous le fils vient reposer le père ;
Là, ses sœurs en pleurant accompagnent leur mère.
L'oiseau vient y chanter, l'arbre y verse des pleurs,
Lui prête son abri, l'embaume de ses fleurs ;
Des premiers feux du jour sa tombe se colore ;
Les doux zéphyrs du soir, le doux vent de l'aurore,
Balancent mollement ce précieux fardeau,
Et sa tombe riante est encore un berceau :
De l'amour maternel, illusion touchante !

AERIÆ SEPULTURÆ

Quàm defuncta piè Natchessi corpora lugent!
Quàm me delectat dolor intimus ille! parentis
Ille suæ puer unus amor, spes una, caducus
Ante diem periit : raptos nunc matris amores
Arbor habet, servatque suis sibi credita ramis
Pignora. Funerei melior quæ gratia cultûs
Esse queat, tristemve magis quæ mulceat umbram?
Carcere clauduntur nullo captiva sepulcri
Membra, sed exanimes, jam tùm sua, sidera vultus
Alta petunt, fugiuntque solum, longèque per auras
Prospicienda suis mœrentes fallit imago!
Hic iter emensum longum fractumve labore
Sæpe patrem sedisse juvat; fremit hospitis umbra
Conscia et hesternos quasi murmure narrat amores.
Hic cum matre suâ, dùm flet soror, inscius infans
Flet simul et magno fratrem clamore reposcit.
Hic pia mittit avis gemebundo gutture cantus;
Hic flent arboreæ frondes; hic tegmine ramus
Hospes odorantem diffundit floribus umbram.
Huc sol primus adit nascenti lumine; parvum
Seu veniente die, seu decedente, favonî
Leniter aura levi permulcet flamine corpus.
Mater adhuc movet ipsa manu, pius error amoris!
Infelix nec jam vacuum putat esse cubile!

LE CIMETIÈRE

DE CAMPAGNE

Fragment de la Mélancolie

PAR

LEGOUVÉ

A MONSIEUR GASPARD

Professeur de rhétorique au Lycée de Montpellier.

Hæc vetus ad veterem sua mittit amicus amicum
Carmina, quæ scripsit debiliore manu :
Consenuit, quid enim ? Phœbus meus; at tibi saltem
Integer in memori pectore durat amor.

LE

CIMETIÈRE DE CAMPAGNE

Où suis-je ? à mes regards un humble cimetière
Offre de l'homme éteint la demeure dernière.
Un cimetière aux champs ! quel tableau ! quel trésor !
Là ne se montrent point l'airain, le marbre, l'or ;
Là ne s'élèvent point ces tombes fastueuses
Où dorment à grands frais les ombres orgueilleuses
De ces usurpateurs par la mort dévorés,
Et, jusque dans la mort, du peuple séparés.
On y trouve, fermés par des remparts agrestes,
Quelques pierres sans nom, quelques tombes modestes,
Le reste dans la poudre au hasard confondu.
Salut, cendre du pauvre ! Ah ! ce respect t'est dû.
Souvent ceux dont le marbre immense et solitaire,
D'un vain poids après eux fatigue encor la terre,
Ne firent que changer de mort dans le tombeau ;
Toi, chacun de tes jours fut un bienfait nouveau.

DE

RUSTICO SOMNI CAMPO

Ecce mihi ante oculos apparet pauper agellus,
Quam colit æternùm vir mortuus ultima sedes.
Rusticus ille ager est somni. Quàm dives egestas
Panditur! Hic nullo splendentes marmore surgunt,
Nullo auro tumuli; nullo decorata superbè
Ære sepulcrorum fastigia. Non ibi magnis
Sumptibus indormit magnorum turba virorum
Pallida, quæ nuper privato turgida fastu,
Nunc et privatam retinet post funera pompam.
Hic lapis haud muro, sed agresti cespite, cinctus.
Nomen in aspectu nullum! suus omnia pulvis
Intùs habet. Cineres hominis salvete modesti
Pauperis! Hæc vobis debetur gratia. Sæpe
Tegmine marmoreo tumulus quos obruit ingens,
Dùm nimio lassata gemit sub pondere tellus,
Ollis vita nihil nisi mors erat ipsa. — Fuêre.....

Courbé sur les sillons, de leurs trésors serviles
Ta sueur enrichit l'oisiveté des villes ;
Et quand Mars des combats fit retentir le cri,
Tu défendis l'Etat, après l'avoir nourri.
Enfin, chaque tombeau de cet enclos tranquille
Renferme un citoyen qui fut toujours utile.
Salut, cendre du pauvre ! accepte tous mes pleurs.

. . . .

Quis meminit vixisse viros? — Tibi, Rustice, contrà,
Vitæ nulla dies effluxit inutilis. Urbis
Adjuvêre tui sudores otia, sulco
Dum miser incumbens, pretium servile mereres.
Nec satis : Ut primo sonuerunt classica marte,
Arma tuæ rapuere manus et prompta tuorum,
Queis victum modò præbueras, tutela fuisti.
Quid plura ? usque suis civis fuit utilis ille
Hâc placidâ quicumque jacet tellure sepultus.
Jàm salve et fletus, humilis cinis, accipe nostros !

UN DÉSASTRE

Fragment de la lettre à Lamartine

PAR

ALFRED DE MUSSET

A MONSIEUR BUFFET

Membre de l'Assemblée nationale.

Quid ? meus ille liber per apertum conscius ibit,
Scribitur et nusquàm nomen, amice, tuum !
Non sum adeò ingratus : tibi jàm volo dicere versu
Quàm tuus in nostro corde vigescat honos.

UN DÉSASTRE

Lorsque le laboureur, regagnant sa chaumière,
Trouve le soir son champ rasé par le tonnerre,
Il croit d'abord qu'un rêve a fasciné ses yeux,
Et, doutant de lui-même, interroge les cieux.
Partout la nuit est sombre et la terre enflammée.
Il cherche autour de lui la place accoutumée
Où sa femme l'attend sur le seuil entr'ouvert;
Il voit un peu de cendre au milieu d'un désert.
Les enfants, demi-nus, sortent de la bruyère,
Et viennent lui conter comment leur pauvre mère
Est morte sous le chaume avec des cris affreux.
Mais maintenant au loin tout est silencieux.
Le misérable écoute et comprend sa ruine;
Il serre, désolé, ses fils sur sa poitrine;
Il ne lui reste plus, s'il ne tend pas la main,
Que la faim pour ce soir et la mort pour demain.
Pas un sanglot ne sort de sa gorge oppressée;
Muet et chancelant, sans force et sans pensée,
Il s'assied à l'écart, les yeux sur l'horizon,
Et, regardant s'enfuir sa moisson consumée,
Dans les noirs tourbillons de l'épaisse fumée,
L'ivresse du malheur emporte sa raison.

QUÆDAM NARRATUR CLADES

Vespere cùm repetens sua parvula tecta colonus
Vastatum ignifero fulmine cernit agrum,
Primùm oculos ludi per inania somnia credit,
Atque suî dubius, suspicit astra rogans.
Pallida nox horret, flammis rubet undique tellus.
Nunc ubinam locus est liminis ille sui,
Unde solet conjux reducem exspectare maritum ?
Terra patet circùm ; stat cinis in medio.
Emergit proles humili fere nuda myricâ.
Narrant, heu ! genitrix ut sua mortua sit,
Horrendùm inclamans, casulæ consumpta ruinâ.
At nunc per campos undique cuncta silent.
Auscultat miser atque animo cladem capit. Amens,
Stringit complexus pectore progeniem.
Quid restat ? nisi ad æra manum protendat egenam :
Certa fames aderit vespere, crastina mors.
Nullus ab oppressis singultus faucibus exit ;
Excors et titubans corpore, mutus, iners,
Secretò sedet, et latè omnia circumspectat.....
Tunc messem in ventos sentit abire suam ;
Dumque petit cœlum nigranti turbine fumus,
Clade suâ stupidum deserit ebria mens.

A LA FRANCE

PAR

M. V. DE LAPRADE

A MONSIEUR VICTOR DE LAPRADE

Membre de l'Académie française.

Docte vir, ah ! tua vox promptas descendat in aures !
Tempore te duro dura monere decet.
Parce tamen, modico si carmine, quæ tua grandi
Gallica musa canit, nostra latina refert.

A LA FRANCE

France, élève ton cœur, si tu courbes le front !
Jamais tu ne subis un plus sanglant affront.
Arrache cette page aux feuillets de l'histoire,
Travaille à dissiper, sous des rayons de gloire,
L'ombre dont te couvrit cette guerre sans nom.
Depuis près de dix mois, sauf la voix du canon,
Nulle voix, sur ton sol, n'a pu se faire entendre.
France, recueille-toi ! Tâche enfin de comprendre,
Toi qui fus si longtemps reine de l'univers,
Ce qui fait ta faiblesse et causa tes revers.

Ce n'est pas le hasard qui règle toute chose :
La chute, le succès ont toujours une cause.
Un grand peuple qui veut maintenir sa grandeur
Doit être constamment l'esclave de l'honneur ;
Il doit avoir vertu, valeur, patriotisme,
Désintéressement, dévoûment, héroïsme.
Lorsque de bas instincts ont perverti les cœurs ;
Que la Discorde impie, au cortége de pleurs,

AD GALLIAM

Si caput inflectis, tua sit mens, Gallia, sursùm!
Incubuit gravior tibi nulla infamia. Nostros
Inficit annales quæ pagina tolle pudendam.
Effice ut infandus quâ te Mars obruit umbrâ
Diffugiat, laudisque novos incede per ignes.
Jam mensis bis quintus adest ex quo tua nullâ,
Præter tormenti, sonuerunt littora voce.
Ah! tandem scrutare tuum, mea Gallia, pectus!
Si non jàm incedis totum regina per orbem,
Percipe causa mali quæ sit, quæ cladis origo.

Non cæco eveniunt in terris omnia casu:
Causa parit tristes eventus, causa secundos.
Si qua suam retinere cupit gens inclyta famam,
Huic suus est servandus honos constanter; ad omne
Sit propensa bonum; sint olli bellica virtus,
Integritas et amor patriæ; sit ad ardua prompta.
Pravi animos sensus ubi perrupêre jacentes,
Impia ubi lacrymis Discordia cincta, nefando

Fait succéder la haine à l'accord tutélaire
Et dominer partout l'envie et la colère;
Quand le vil intérêt devient l'unique loi;
Que chacun croit à l'or sans avoir d'autre foi;
Que, du devoir austère écartant les préceptes,
L'égoïsme et le vice ont de nombreux adeptes;
Qu'on cherche le bien-être au détriment du bien;
Que du droit méconnu nul n'est plus le gardien;
Lorsqu'au jour du danger les chefs sont inhabiles,
Les citoyens tremblants, les soldats indociles,
L'Etat est menacé du plus triste déclin;
Et l'on peut voir bientôt, par un revers soudain,
Un peuple valeureux, trop fier de sa puissance,
Atteint dans sa grandeur et son indépendance.

Longtemps, ô ma patrie, on a, par les combats,
Vu compter les exploits de tes vaillants soldats.
On ne saurait jamais se remettre en mémoire
Tous les lieux qu'illustra, sous leurs pas, la victoire.
C'est qu'alors tes enfants, unis par le drapeau,
De leurs bras, de leurs cœurs, ne formant qu'un faisceau,
Savaient tous accepter la dure discipline
Dont le fardeau n'est lourd qu'au peuple qui décline.
Pour guider l'avenir, consulte ton passé :
Tu verras, devant toi, plus d'un chemin tracé ;
Si tu connais celui qui conduit aux abîmes,
Tu sais comment on peut s'élever jusqu'aux cimes,

Consensus odio rumpit, spargitque furores
Undique; ubi utilitas lex imperat omnibus una;
Una trahit cùm quemque fides, amor unicus : aurum;
Officii cùm dura probi præcepta perosus
Quisque suî nimio ad vitium prorumpit amore,
Et privata, boni nil curans, commoda quærit;
Cùm fit apud nullos vani custodia juris;
Cùm malè tuta ducum patet in discrimine summo
Inscitia, et trepidat civis, milesque rebellat;
Tum patriæ impendet miseranda ruina, brevique,
Hæ tibi sunt, fortuna vices ! gens bellica, rebus
Plus æquo tumefacta suis, cladem accipit unde
Majestate minor, nec jam sua, facta videtur.

O Patria ! insigni tua non semel inclyta bello,
Fortia quæsitas rapuerunt agmina lauros.
Quis terras memorare queat quotcumque secundo
Marte ferox miles pede proculcârit ovanti?
Tùm verò unanimes nectebant, Gallia, natos
Signa tuos; ollis mens una erat; una voluntas;
Jussa ducum nulli, licet aspera, ferre negabant,
Grande onus, at populò soli qui vergit ad imum.
Præteritum tempus, sint ut tibi salva futura,
Respice, et ante oculos via plurima certa patebit.
Illa tibi est si nota petit quæ prona barathrum,
Hanc etiam nôsti quæ summa ad culmina ducit.

Lion blessé, debout! Il est temps de surgir;
Que dans tout l'univers on t'entende rugir!
Si tu prends les sentiers par lesquels on remonte,
Tu sauras effacer tes désastres, ta honte...
Sinon, malheur à toi! J'aperçois le vautour
Qui guette sa victime et médite un retour.
Il ne sentira point sa vengeance assouvie
Tant qu'il te restera quelque souffle de vie.
Le péril est immense : il faut le conjurer.
Rester dans le bas-fond, c'est te déshonorer.
Rejette loin de toi la fange qui t'inonde,
Et reprends, sans tarder, ta place dans le monde!

Saucia, tempus adest surgendi, surge, leæna !
Rugituque tuo latè omnes concute terras !
Nunc si carpis iter superas quà rursùs ad oras
Tenditur, immensæ tibi mox opprobria cladis
Vanuerint. Si non, heu ! væ tibi, Gallia ! Vultur
Imminet observans, redivivaque viscera poscit.
Olli non etenim placabitur ira priusquàm
Omnis ab ore tuo vitalis fugerit aura.
Ah ! cladem immensam fuge, Gallia ! si vada semper
Ima tenes, tua laus nunquam reditura peribit.
Has quibus inficeris fœdas procul abjice sordes,
Nilque morata, iterùm regina incede per orbem !

SAINTE-HÉLÈNE

PAR

M. VICTOR HUGO

A MONSIEUR THIERS

l'illustre auteur de *Sainte-Hélène*.

Ecce novum solem nobis Aurora reduxit
Clarior, et Gallis ridet amica quies;
Mox ad nos veteres Musæ, vir summe, redibunt :
Jam tibi debentur munera prima meæ.

SAINTE-HÉLÈNE

Fragment de l'Expiation.

Il croula. Dieu changea la face de l'Europe.

Il est, au fond des mers que la brume enveloppe,
Un roc hideux, débris des antiques volcans.
Le Destin prit des clous, un marteau, des carcans,
Saisit, pâle et vivant, ce voleur du tonnerre,
Et, joyeux, s'en alla sur le pic centenaire
Le clouer, excitant, par son rire moqueur,
Le vautour Angleterre à lui ronger le cœur.

Evanouissement d'une splendeur immense!
Du soleil qui se lève à la nuit qui commence;
Toujours l'isolement, l'abandon, la prison :
Un soldat rouge au seuil, la mer à l'horizon.
Des rochers nus, des bois affreux, l'ennui, l'espace,
Des voiles s'enfuyant comme l'espoir qui passe,
Toujours le bruit des flots, toujours le bruit des vents!
Adieu, tente de pourpre aux panaches mouvants;

SANCTA-HELENA

Seu de Napoleonis morte.

Vir ruit : Europæ faciem Deus immutavit.

Finibus Oceani, cingit quos nubila bruma,
Stat saxum horrendum — qui mons fuit igneus olim.
Fatum malleolum, clavos, collaria sumpsit,
Pallentemque metu raptorem fulminis istum
Corripuit, saxique annoso in culmine fixit
Exsultans, risuque urgens et voce procaci
Anglicus ut miseri laniaret viscera vultur.

O qui splendor erat, quæ nunc subiêre tenebræ !
Sive dies oritur, seu nox incepit, eamdem
Itque reditque viam, solus, per tædia longi
Carceris ; ante oculos pontus ; ferus atria servat
Miles ; saxa rigent, nemus horret ; muta patescunt
Omnia. Prætereunt, ut spes fugitiva, carinæ.
Murmur ubique maris, ventorum murmur ubique !
Nunc ubi sunt hæc purpureis tentoria velis

Adieu, le cheval blanc que César éperonne !
Plus de tambours battant au champ, plus de couronne;
Plus de rois prosternés dans l'ombre avec terreur,
Plus de manteau traînant sur eux, plus d'empereur !
Napoléon était retombé Bonaparte.
Comme un Romain blessé par la flèche du Parthe,
Saignant, morne, il songeait à Moscou qui brûla.
Un caporal anglais lui disait : halte-là !
Son fils aux mains des rois, sa femme aux bras d'un autre.
Plus vil que le pourceau qui dans l'égout se vautre,
Son sénat, qui l'avait adoré, l'insultait.
Au bord des mers, à l'heure où la bise se tait,
Sur les escarpements croulant en noirs décombres,
Il marchait, seul, rêveur, captif des vagues sombres.
Sur les monts, sur les flots, sur les cieux, triste et fier,
L'œil encore ébloui des batailles d'hier,
Il laissait sa pensée errer à l'aventure.
Grandeur, gloire, ô néant ! calme de la nature !
Des aigles qui passaient ne le connaissaient pas.
Les rois, ses guichetiers, avaient pris un compas,
Et l'avaient enfermé dans un cercle inflexible.
Il expirait. La mort, de plus en plus visible,
Se levait dans sa nuit et croissait à ses yeux
Comme le froid matin d'un jour mystérieux ;
Son âme palpitait, déjà presque échappée.
Un jour enfin il mit sur son lit son épée.
Et se coucha près d'elle, et dit : « C'est aujourd'hui ! »
On jeta le manteau de Marengo sur lui.

Splendida? Ubi albus equus quem Cæsar calce fatigat?
Tympana nulla sonant, frons est viduata coronâ.
Jam nulli reges procumbunt Cæsaris imos
Ante pedes, pavidè fluidâ sub veste latentes.
Nullus adest Cæsar! — Nunc est Bonapartus, ut ante,
Nec jam Napoleo! Ceu partho vulnere miles
Sanguinolentus adhuc, versabat pectore mœsto
Flagrantem Moscam : tum longiùs ire vetabat
Anglus quincurio! — Alterius sociata cubili
Uxor erat; natum regalia vincla premebant.
Vilior et porco qui in cœno membra volutat,
Ille cui modò numen erat, nunc dente senatus
Infesto carpebat eum. — Prope littora ponti,
Cùm Boreas silet, abruptæ inter rudera cautis,
Solus, multa putans, undoso carcere clausus,
Ibat..... In oceanum, montes et sidera, tristis
Atque ferox, oculos hesterno marte natantes
Conjiciens, errare animum sine lege sinebat.
Majestas, laus, o nihilum! o natura quieta!
Transibant aquilæ, nec noscebatur ab illis.
Instructi radio, custodes carceris arctè
Captivum reges duro quasi in orbe tenebant.
Exspirante viro, magis ac magis apparebat
Proxima Mors : mediis crescebat cincta tenebris
Ante oculos, ceu mane novo, per nubila brumæ,
Assurgit malè certa dies. — Quasi libera vinclis
Mens trepidabat ovans. Tandem adfuit hora suprema.
Ipse manu in lecto destrictum protulit ensem,
Et juxta recubans : « Lux illa est ultima, » dixit.
Hunc super injecta est Marengica penula. Pugnæ

Ses batailles du Nil, du Danube, du Tibre,
Se penchaient sur son front; il dit : « Me voici libre !
Je suis vainqueur; je vois mes aigles accourir ! »
Et, comme il retournait sa tête pour mourir,
Il aperçut, un pied dans la maison déserte,
Hudson-Lowe guettant par la porte entr'ouverte.
Alors, géant broyé sous le talon des rois,
Il cria : — « La mesure est comble cette fois !
Seigneur ! c'est maintenant fini ! Dieu que j'implore,
Vous m'avez châtié ! — La voix dit : « Pas encore ! »

Quas vidit Nilus, viderunt Thybris et Ister,
Stabant ejus in os pronæ : « Sum nunc ego liber !
« Nunc ego sum victor, dixit, mea signa propinquant ! »
Quumque reclinaret caput ut moreretur, ibi unum
Ædibus in vacuis, diducta per ostia, vidit
Ire pedem.... Observans instabat Lowius-Hudson !
Hic regum Titan attritus calcibus : « O Tu,
« Summe Deus, dixit, me satque superque nocentem
« Punisti ? Nunc ira modum cepit tua..... Parce,
« Parce meis precibus ! » — Sonuit vox reddita :
[« nondùm ! »

EXAMEN

DE LICENCE

MATIÈRE

Adolescens Voltarius P. Poræo, præceptori nuper suo, narrat se in carcere inclusum ad tentandam Melpomenes artem in somnis ab ipso Cornelio inductum fuisse, suamque ipsius primam tragœdiam, de Œdipo scriptam, ei mittit.

SUJET TRAITÉ.

O tu qui nobis pueriles providus annos
Artibus ingenuis formâsti, summe magister!
Quo duce prima rudis musæ stipendia miles
Emerui, malè certa solo vestigia figens,
Cùm mihi vix facilis rideret primus Apollo;
Nôsti quàm fuerint juvenis primordia vitæ

Dura meæ; impatiens ex quo tua docta reliqui
Castra fugâ, et sensus affectans mente viriles,
Surrexi nimios nondùm maturus ad ausus.
Tot votis optata meis, tot laudibus empta,
Non me libertas longùm respexit, at Euro
Ocior aufugiens, jam non mea, tota recessit.
Scilicet immeritæ culpæ reus, ecce tremendi
Carceris in fauces, ullo sine judice, mittor;
Mittor, et hic solidum juvenis captivus in annum
Infelix traxi miserabilis otia vitæ.
Nec tamen ista mihi toto caruêre labore
Otia; sublimi quamvis innixa cothurno,
Obscuras et adire domos, afflictaque corda
Verbis Melpomene gaudet mulcere benignis.
Ecquis enim melior possit locus esse dolori
Carcere?... vincla sonant aliquid concussa tragœdum;
Carcer amat lacrymas. — Libris ex omnibus unus,
Quos ego, supremum morientis munus amicæ,
Gaudebam, comites longique oblivia luctûs,
Nocturnâ versare manu, versare diurnâ,
Unus erat, longè ante alios quem sæpe legendum
Mirandumque simul nobis, pater, ipse dedisti:
Quis fuerit, noscis. — Tragicæ laus inclyta musæ;
Grandiloquo ingentes evolvens carmine casus
Œdipodis, miserumque nefas, longosque dolores,
Ille Sophocleum duxit per sæcula nomen.
Hos ego sublimes toto dùm pectore versus
Ebiberem, in somnis priùs et jàm visa figura,

Ecce mihi noster Cornelius adstitit ingens
Ante oculos. Primùm obstupui; sed, voce benignâ,
Nobilis hic vates me sic prior increpat ultrò :
« Quæ te cunctantem retinet mora ! Regia magnæ
» Melpomenes te sceptra vocant; age, cinge cothurnum;
» Te quoque, te Sophoclem tua Gallia tota vocabit. »

Sic ait, atque animo vires hæc verba magistri
Injecêre novas; crevit sub pectore robur
Insolitum, surasque rudes mox ipse cothurno
Vinctus, et ignotæ tentans miracula pompæ,
Prosilui tragicas, jam non captivus, ad artes.

Istius en igitur primæ libamina musæ
Ad te mitto, pater; magni munuscula cultûs,
Nostri primitias has accipe, quæso, laboris.
Messis enim cùm tempus adest, qui, lege magistrâ,
Et præcepta dedit quâ sit ratione serendum,
Primus et ipse manu commisit semina sulcis,
Tali nonne viro primæ debentur aristæ? —
Si quid ego valeo, mea si quid carmina possunt,
Si me Phœbus amat, tuus est labor; ipse rebellem
Saxosum per iter, præruptique avia montis,
Mille per ambages, traxisti firmus alumnum.

Has igitur liceat tanto pro munere grates
Solvere, docte Pater, Pindique in vertice lectos
Te monstrante viam, bonus hos, precor, accipe, flores.

Nec sum primus ego tali qui munere fungar :
Noscis enim, — si parva licet componere magnis, —
Tullius ut quondàm defenderit arte magistrum,
Rejiciensque pios palmæ victricis honores,
Traxerit ipse virum propriæ in consortia laudis.

Nunc tu, si quid ego tentavi viribus impar ;
Si quid inexpertâ noster peccavit in arte
Scilicet imprudens et adhùc imberbis Apollo,
Explorare tuum est, et castigare severis
Nostra notis vitia ; uti quonam judice possim
Te meliore, pater, qui tot sermone Latino
Scripseris egregios versus quos esse fatetur
Melpomene ipsa suos, quos vindicat ipsa Thalia ?
At ne fortè tuas me laudibus emere laudes
Velle putes, taceo. — Mihi nunc præceptor adesse
Ne dubites : tuus est audire paratus alumnus.

CONCOURS

D'AGRÉGATION

MATIÈRE

—

Quùm Athenas dux Lysander oppugnaret, ei in somnis adfuit ipse Bacchus, vultu tristior, orans ut belli laboribus aliquam moram facere vellet, dùm Sophoclis, nuper defuncti, reliquiæ tumulo mandarentur.

Paruit Lysander et, per inducias, clarissimo vati cives sui exsequias rite solverunt.

—

SUJET TRAITÉ.

Urbis Cecropiæ vasta obsidione premebat
Mœnia Spartanus miles ; nil profuit urbi
Alma Minerva suæ ; nil profuit almus Apollo ;
Numina cesserunt... jam fervidus occupat arcem
Hostis, et insultans muro dominatur ab alto.

At suffusa polo nox opportuna furores,
Non ultra patitur procedere; tota silescunt
Castra; viros sopor altus habet; sola anxia mater
Pro nato vigilat; vigilat pro conjuge conjux.
Fessus et in castris dum tædia longa laboris
Oblitus, somno premitur dux ipse Laconum.
Sæpius in somnis olli jam visa figura
Adstare ante oculos Bacchus pater ecce videtur.
Non facies est vera deo : non ore benignus
Ridet, pampineos non vivida dextra racemos
Exagitat; sed tristis adest et, fronte severâ,
Has loquitur mœstas effundens pectore voces :
« Vitâ defunctum, mea nuper gaudia, vatem,
Ah! saltem patere in nudâ tellure recondi!
Immitis belli sileat furor, arma quiescant
Turbida, neve pios pompæ funebris honores
Irrequieta fero turbet Bellona tumultu! »
Scilicet obsessâ, jam tum grandævus, in urbe,
Nobilis hic Sophocles, tragicæ laus inclyta musæ,
Melpòmenes insigne decus, qui digna cothurno
Carmina tot scripsit, longum ventura per ævum,
Exierat vitâ, patriæ quasi dura negasset
Cernere vincla suæ aut tristi superesse ruinæ.
Nec mora : jussa Dei dux inviolanda facessit
Mane novo : jam nulla viros ad prælia cantu
Buccina sæva vocat : late vexilla per auras
Nulla movent bellum... castris stupor incubat ingens
Undique, et ipsa premunt longinqua silenti muros.

Lento mœsta gradu procedit pompa per urbem :
Plurimus it civis, defixo lumine; nulli
Servitium commune subit, nempe omnibus idem
Ingens incubuit pariter dolor; omnibus unum est
Triste viri desiderium ! Feralia vati
Munera solvuntur; patriæ increpuere catenæ
Rursus, at umbra viri nil sensit... conscia ad Orcum
Fugerat : Elysios jam mirabatur honores.

Monsieur,

J'ai lu, non sans quelque surprise, mais avec un très vif et très vrai plaisir, les vers charmants que vous m'avez envoyés. Je ne croyais pas que la sévère langue latine pût consentir à se plier à une bluette si légère. Vous m'avez prouvé le contraire, Monsieur, en prêtant à mon bavardage quelque chose du sel d'Horace et de la grâce de Tibulle. C'eût été difficile à tout autre qu'à vous.

Veuillez, Monsieur, agréer mes remercîments et mes compliments.

Alfred de Musset.

Paris, 16 août 1855.

Monsieur,

Vos beaux vers font tout à la fois honneur et honte aux miens. Le latin glorifie tout ce qu'il touche, et votre génie de cette langue vous rend digne de la parler et de l'écrire comme les meilleurs survivants de la latinité.

J'étais bien jeune, bien inexpérimenté quand je balbutiai moi-même ce chant plus grec que français. Vous l'avez rajeuni pour tout le monde et surtout pour moi. Laissez-moi adjoindre cette traduction modèle à la page de mes œuvres qui contient *Sapho*, comme la plus belle et la plus chère illustration de mon premier volume. La fortune du poète, c'est d'être lu ; mais son immortalité, c'est d'être traduit ; c'est une adoption rétrospective qui semble, comme en Chine, ennoblir les langues maternelles par les langues filles de l'antiquité.

A. de Lamartine.

Hauteville-House, 8 septembre 1861.

Je ne m'excuserai pas, Monsieur, de mon long silence bien involontaire. Vous avez probablement su par les journaux mon absence de Guernesey depuis six mois. Je vous remercie de m'avoir traduit et je viens vous demander vos vers, tous vos vers. Je serai heureux de vous applaudir encore comme je suis aujourd'hui charmé de vous remercier.

Recevez, Monsieur, l'assurance de mes sentiments les plus distingués.

Victor Hugo.

Nimes, le 1er juillet 1856.

La poésie latine fut, Monsieur, l'une des études les plus chères à mon adolescence ; nul élève, de douze à quinze ans, ne fit peut-être, en ce genre, autant de vers que moi. Ils étaient déplorables sans doute ; je désolais la langue de Virgile par les faiblesses et les vulgarités auxquelles je la condamnais à prêter son élégance et son harmonie. Mais si j'en usais mal, j'en usais souvent et avec attrait. A mes téméraires essais je joignais avec délices la lecture assidue des maîtres antiques. Aujourd'hui je n'en suis plus là ; depuis longtemps j'ai dû laisser cette poésie qui déroba tant d'heures et procura tant de charmes à ma jeunesse. Je ne garde presque plus aucun souvenir des chefs-d'œuvre dont elle se glorifie. J'ai perdu même en partie ce sens littéraire qui permet d'en apprécier les beautés au sein des ouvrages où elles éclatent, et j'en éprouve, en ce moment, un amer regret. Il me servirait à goûter, dans toutes les nuances de son mérite, la traduction que vous avez bien voulu me dédier. Mais si mon œil est trop émoussé pour en saisir toutes les teintes, j'en découvre assez pour voir que c'est un succès de plus dans vos luttes poétiques. Ici votre tâche était difficile. Cette pièce exquise de l'*Ange et l'Enfant* fut pour notre grand poète nimois un des premiers titres à la gloire ; elle reste encore une de ses plus admirables inspirations. Elle contient une foule de délicatesses dont on ne peut aisément faire passer le reflet dans un idiome étranger. Vous y avez toutefois réussi. Même avec la solennité de l'hexamètre, votre poésie reproduit la grâce naïve et la douce mélancolie du modèle.

Agréez, Monsieur, je vous prie, et mes félicitations et l'assurance de ma considération distinguée.

Henri, *évêque de Nimes.*

Monsieur,

Je vous remercie bien cordialement de votre aimable envoi. Il y a bien longtemps que je désirais posséder ce charmant petit chef-d'œuvre de votre muse virgilienne dont j'avais lu déjà quelques fragments. Je vous envie, Monsieur, la connaissance approfondie de la littérature antique qui dénote un talent si unique de nos jours pour la poésie latine. J'aurais voulu moi-même donner une bien plus grande place dans mes études à ces artistes merveilleux, à ces penseurs si sages et si sereins de Rome et d'Athènes. Dans un moment où tant de gens les calomnient et où presque tout le monde les abandonne, je devine tout de suite une âme élevée et un noble esprit là où je vois persévérer l'amour des lettres anciennes; et lorsque avec cela je trouve un poète, je me sens porté pour lui d'une vive sympathie.

Veuillez donc, Monsieur, avec mes remercîments, recevoir l'expression de toute cette sympathie de poète et de collègue dans l'enseignement.

VICTOR DE LAPRADE.

Oui, je me souviens du jeune homme, ami du vieillard qui charmait ce doux *Bel Air* des accents antiques. Je m'en souviens, et me voilà bien content de le retrouver plein de zèle, et mêlant, dans sa coupe hospitalière, les vins d'Albe aux vins de Mâcon, Lamartine à Virgile, Horace à Victor Hugo.

Soyez donc le bienvenu, le bien remercié, et comptez, mon cher Confrère, en toute occasion, que je suis parfaitement

Tout à vous,

JULES JANIN.

Passy, 10 mai 1861.

TABLE DES MATIÈRES

Nîmes, Lafare et Vve Attenoux